網 路 小
Novel@N
02

有個女孩叫Feeling

藤井樹@著
Hiyawu

曾經，有個女孩，讓我付出，
直到所有感覺被抽空，像是一根煙燒到了尾末；
曾經，有個女孩，讓我感受，
愛情是完全沒有投資報酬率的東西，
只要能感覺到一絲絲的被愛，
就可以滿足或彌補自己過去的、曾經的那些所有付出；
曾經，有個女孩，讓我體會，
愛上一個人，總是會不自覺的墮落，
幸福儘管遙不可及，卻依然像是海市蜃樓般的接近。
曾經，有個女孩……有個女孩叫*Feeling*……

謝謝你，我最不凡的朋友

我沒寫過序這種東西，所以我現在的感覺是恐怖的。

但子雲一定要我寫，所以我只好寫，我沒有任何理由說不。

我想我大概是瘋掉了才會答應讓他用我的名字寫故事。

他是我最好的朋友，也是大家眼中的好寫手。

其實，這一個故事從零到完成的所有過程當中，我是幾乎全程參與的。

但我並沒有什麼功勞，因為我只是負責看而已。

我跟子雲翻找著以前所有的資料，試圖以最真實的過去為這部作品留下唯一的記錄，但時年已久，資料的收集結果相當有限，讓我們灰了一半的心；而我跟他也算是年歲已高，只好依著相當模糊的記憶，用最接近心情的文字來完成它。

曾經，我也要子雲放棄過，因為他不是我，所以寫我的故事是一件很危險的事，也是一件很辛苦的事。

子雲是個感情豐富的人，在寫作的過程中他或許會感到困惑或迷失，因為心情是無法複製的，所以他必須變成我、他必須感受我曾經的感受，這是一種危險的動作，因為他會不自覺的忘了自己是自己。

在所有的過程中，他幾乎天天打電話給我，問我是否還記得事情的經過情況、是否還能揣摩出當年的心情與感受；答案大都是否定的，所以他變得孤立無援，只好從我們收集到的極少的資料當中，去完成這一個長達八萬多字的故事。

這部作品的完成，我僅僅付出了兩天的時間，替子雲錄唱作品的主題曲。

在錄音室裡，我戰戰兢兢的面對從來沒有看過的歌譜、從來沒有聽過的音樂，唱出一首從來沒有聽過的歌。

我很害怕，很害怕。

子雲說，不需要擔心歌本身，因為歌是我唱的，在歌曲未發表前，全世界只有我會唱這首歌，所以唱的好壞與否，只有自己及在場的錄音師有權力做出修正。

子雲很細心，他在意著故事中所有的細節，每一部份都是經過長時間的琢磨與了解，在動筆的時候更是細膩，要求著每一個情緒的轉折處，他害怕自己會漏掉什麼，也擔心自己會破壞了什麼。

我被他的認真深深感動。

我從來不曾想像過，生命中會有個不平凡的人陪著我過，但打從我認識子雲那一天起，我就覺得他會是個特別不同的人，只是我沒想到，他的特別不同竟然是這麼的特別不同。

認識子雲已經九年了，他從一個懵懂衝動的小伙子，走到今天成為一個暢銷書作家，這是我最無法相信，卻也最敬佩的地方。

簡單的說，他是我的偶像。

他一直不喜歡別人稱他是作家，雖然我也是前一句混蛋，後一句屎人的叫他，但他在我心中，一直是一個用盡所有心力，只為了完成一部好作品的作家。

我不是子雲，我不會寫什麼好看的東西，所以我謝謝他，謝謝他為我完成這一個故事。

好，雖然這是在六年前我跟「Feeling之間的故事，但故事只是故事，有沒有帶給你們感動最重要。

祥溥二〇〇一年十二月二十四日於東引

在動筆之前的《有個女孩叫Feeling》

世界上有兩種人。

第一種是懂得愛人的人，第二種則反之。

懂得愛人的人，眼光觸及愛情裡每個角落，不做作、不虛偽，付出的時候盡全力付出，忘了自己的存在，累到忘了累，苦到不覺苦，不求留給自己什麼，卻擔心還沒有給對方什麼，心記所有幸福路徑，心繫所有感情累積，對方給予的一絲一毫摟在懷裡珍惜，對方忽略的粗心大意給自己理由安慰自己，對方默視的冷冰用自己的熱情融解並且忘記，對方所做出來的選擇傷透了自己也沒關係，永遠與對方站在同一陣線，即使陣線上的土地，滿佈著椒毒魔氣，只要對方能幸福，自己願意當犧牲品。

聽起來沉重是嗎？

在懂得愛人的人心裡，這些事，家常便飯，甘之如飴。

聽過太多懂愛的人，在深夜裡的電話那端訴說著他愛上不懂愛的人之後心中的

【自序】

酸楚，那些痛苦往往能夠輕易的透過電話線傳遞過來，也引起我的心酸。
我說：「那麼，你還想繼續下去嗎？」
電話那頭：「這不是想不想的問題。」
我說：「不然呢？」
電話那頭：「我只有繼續下去這一條路可走，我別無選擇。」
我說：「是愛給的太多嗎？」
電話那頭：「不，是在他尚未真正幸福之前，我放不下手。」
他痛苦嗎？
或許是，但他在痛苦中找到甜蜜。
我在這樣的對話裡，曾經深深的迷失過。
因為電話那頭的他，有的是人追求，而他的心裡，卻容不下別人對他的喜歡。
試問，在追求他的人心中，他不也是不懂得愛的人嗎？
我曾經說過，我是個不懂得愛的人，所以我沒有資格說愛情道理，頂多我只能寫寫愛情故事。
在愛與被愛當中，其實是一次又一次的輪迴，一次又一次的相互覆蓋。
甲愛乙，乙愛丙，丙愛丁，而丁愛的是甲。
那甲的心中，乙是不懂愛的人，在乙的心中，丙是不懂得愛的人……

我覺得痛苦，愛情本身那麼簡單，為什麼有這麼多糾纏？

兩個人的世界裡兩個人相愛，別人進不來，不是就沒了迷亂？

後來發現愛情不簡單，所以難過與遺憾會一直一直存在。

走進這樣的感情循環，不怕你走不出來，只怕你身在其中還以為自己從來沒有踏進去過。

有個女孩，叫Feeling。

像Feeling這樣的女孩，很多很多。

她在你我周圍，常伴著笑，也陪著哭，你也常聽到誰愛上她，誰怎麼對她，誰又始終如一的迷戀她。

只是，你從來沒有聽過，她愛上誰，她怎麼對誰，她迷戀的又是誰。

她是不是不懂得愛？

還是她根本不想愛？

我也想知道答案，只是當我在尋找答案的過程中，答案像影子一樣，一直跟在我看不見的地方。

然後，Feeling所有的心思，我能猜的猜，能問的問，能想的想，最後，走進愛

【自序】

情循環的人，是我。

我不是男主角，男主角另有其人，我會想把它寫出來，是因為我不是男主角。

愛情不簡單，所以難過與遺憾會一直一直存在。

我眼看著難過在進行，遺憾在成型，一顆心無淵底般的墜下去，即使沒有摔碎，也將不會有原來的晶瑩。

心的顏色不應該有灰影，有愛情的滋潤，又怎會發不出嫩綠的芽嬰？

我相信，真的，我相信。

像Feeling這樣的女孩，很多很多。

她惹人憐愛，有著讓人第一秒就深深淪陷的魅力，她說話天真，卻又實際，看似與你靠近，其實遠在千里，她善良，懂得珍惜，但卻不知道該怎麼回應。

你身邊有這樣的女孩嗎？

我相信有，而且很多很多。

她叫Feeling，她的故事，在發生，發生在。

在動筆前的《有個女孩叫Feeling》。

藤井樹二○○一年八月三日於高雄市

楔子

決定寫下祥溥跟Feeling的故事時，我幾乎什麼都沒有多想。

因爲那是一段回憶，我也身在那段回憶中。

但下筆後，我發現我扛了個重擔，而要把重擔放下，只有把故事寫完才行。

寫作至今兩年稍餘，這是我寫過最難寫的一個故事。

我以爲自己有這樣的能力去完整的表現它，但我發覺自己錯的離譜。

原因無它，因爲愛上Feeling的不是我。

我深信，在每一段愛情當中，只有身在其中的人才會感覺到對方的心情，而當初我只想到要完成這一個故事，卻沒想到我根本不了解Feeling。

祥溥也說，Feeling離他很遙遠，他看她，像是隔著層毛玻璃一樣，一直是不清楚的。

但，它是一段回憶，所以我堅決完成它，或許我的詮釋不完美，但我盡力。

故事，就從一張紙條開始……

1

聽說，紅色是思念；
因為思念讓心脹紅，讓人憔弱。
聽說，藍色是憂鬱；
因為憂鬱讓心泛藍，讓人碎意。
我不清楚藍色，因為我不是藍色系；
但我了解紅色，
因為數年之後，我依然想念妳……

藤井樹For《有個女孩叫 Feeling》

這個故事，在幾個月前結束了，現在把它拿出來說，有點多餘。可能這段故事佔據我生命中的掙扎時期，所以，一面說故事一面回味，也有點味道在。

掙扎時期，指的是十八歲到二十三歲間，我喜歡這麼稱呼它。

在台灣這樣的成長環境下，這段時間所想、所做的事，幾乎遊走在掙扎間。

這段時間裡，當你身在戲院欣賞電影首映時，你得擔心明天的模擬考會不會掛掉。

你害怕這一科目被教授當掉而猛K書時，同學吆喝著去阿里山看日出、去九份吃芋圓、去墾丁浮潛、去貓空泡茶聊天。

如果這些事能讓你不掙扎，我相信，你不是課業一級棒，就是你學校的學分重修費可以接受刷卡。

剛剛我提到一面說故事一面回味，也會有點味道在裡面。

這樣的味道現在想想，其實也並不如當時的酸。

酸這個字其實有很多用途，如果用在愛情裡，它肯定大於酸在牙齒根頭裡的疼，也更勝冬末待熟的鳳梨。可是，當時的酸很有感覺，它酸進骨子裡，流竄全身，先侵蝕骨髓，滲出骨膜，混雜到血液裡，再隨著血液攻心。

你不會麻痺，你只會認爲那是酸的過程，你總期待著酸後的香甜，像道地的苦茶，總在入胃之後許久，才由口中泌出裹甜的唾液。

聽來恐怖，我知道，如果你認爲這是誇張，那麼我想，在你體驗過愛情裡的酸，你大概就會了解，這樣的酸，會使你全身出汗。

六年前，也就是西元一九九五年，我高三。

高三的學生，有百分之一百零一的人晚上的時間，是屬於課業的。

但與其說屬於課業，不如說是屬於聯考壓力。

與其說屬於聯考壓力，不如說是屬於教育體制的自殘。

自殘像是一間密室，它沒有窗，沒有門，裡頭的空氣，是數百個得不到答案的爲什麼枯萎後留下的殘骸。

爲什麼我要念數學？爲什麼孔子的廢話我要把它背起來？爲什麼國父的思想能成爲一種學說，而鄧小平的思想就是共產主義作祟？爲什麼英文已經有文法，卻偏偏還有那麼多例外？爲什麼一個單純的三角形要搞出六個屎來屎去的函數？爲什麼趨近於無限大的數字還能算出答案？爲什麼大學一定要聯考才能念？沒念大學的人爲什麼薪水就比較低？

事隔多年，那些爲什麼我已經想不起來，也不想去想那些早就已經被規定好的答案。生在這樣的成長環境，我認了，而且一認就是二十三年。

既然掙扎時期被規定在自殘的密室裡度過，我也只能說OK。

六年前，西元一九九五年，我高三。

跟其他百分之一百零一的學生一樣，我很自然的被規定進入補習班。

不用我說你也知道，補習班的日子，是念書。

念的是那些爲什麼，而那些爲什麼已經有了規定好的答案。

我被規定坐在最後一排，因爲補習班規定劃位那天如果沒來，被排到哪個位置是自己活該。

我被規定的活該規定後，坐在規定的位置。

幾乎每一排都坐滿了三個人，可見這規定後的教育體制，規定補習班這樣賺學生父母的辛苦錢。

我被規定的事規定著，所以這一段長達六年的酸故事，是因爲規定而來的。
但如果讓我重新選擇，我依然會心甘情願被規定，因爲她。
第一眼，我就愛上她，毫無來由的，像拉肚子的感覺一樣，一觸即發。
不是我要形容的噁心，而是這樣的感覺，才能道出那樣的快速。

妳的頭髮很漂亮，很漂亮，很漂亮。

By 坐妳後面的男生

一個很沒膽的小小高三生在快速愛上一個人之後的產物，是一張冷爆了的紙條，但冷歸冷，這往往是故事的開端。

因為愛情，總是會出現在你永遠都猜測不著的地方。
有誰知道你正在走的這條路，
這長廊，在下一個轉角處，將會遇上你的愛？
有誰知道當你輕啜了一口咖啡，
在放下杯子的那一剎間，他（她）會從你眼前經過？
有誰知道你望著那一片風吹落的葉時，

拾起那一片葉的，會是你的眷戀？
有誰知道，正在盯著螢幕看的你，
在回到主選單的時候，會不會有封情書等著你？
沒有人知道，沒有人知道。

這是網路寫手藤井樹在〈於「政大美女版」有感〉這篇文章中發表過的一段話，每次我看到這段話的時候，我總會想到六年前坐在我前面的她。

規定，我坐在最後一排；規定，她坐在我前面，五十公分前的前面，看樣子，她也是劃位那天沒來，所以她活該。

這段故事，我從六年前開始說起，因爲我跟她都活該。

附帶一提，那年，活該的不只我跟她而已，還有藤井樹。

那張紙條，編輯是藤井樹，而我是提筆人。

我是祥溥，我姓唐。

☆愛情，來得快，別遲疑，更別讓它離開

2

「你確定要寫這樣？」

子雲（就是你們熟悉的藤井樹）坐在我的左邊，Feeling 坐在他的右前方，我的前面。

我停筆問他，他歪著頭回我一句：「我能想到的只有這樣。」

媽的，之前他虧補習班樓下7-11的小姐就很行，結果人家隔了個禮拜就離職了。

「可是，這樣她沒辦法接下去啊。」

「不然你奢望她接什麼？『呵呵呵！哪裡哪裡！你也不錯』，這樣是嗎？」

「至少寫句讓她比較能回應的嘛。」

「追女孩子我不在行。」

「你不在行？說你不會大小便我還比較相信。」

「不是好不好，是你要追還是我要追？」

「我啊。」

「那就對啦！你自己要努力啊。」

「可是你要幫我啊。」

「呃……嗯……啊！你要她可以回答的是嗎？」

「對！對！對！」

「那問三圍你覺得怎樣？」

這就是藤井樹，他在六年前就長這樣。但低級歸低級，他還是有很多可取之處。

雖然我也很想問三圍，但是想自殺也不是這麼自殺法。

我把原本那張紙條，慢慢的，慢慢的，慢慢的，非常慢的放到她的手肘邊。

因爲補習班前後座位離得近，稍稍立起身體就可以碰到前面的桌子。

你可能很難想像那種緊張，像半夜想溜出去的國中生一樣，躡手躡腳地經過父母的房門前，屏住呼吸，把力氣集中在雙手上，小心翼翼的打開家門，準備拿鑰匙鎖門時會痛恨發明鑰匙圈的人，因爲鑰匙圈會讓所有的鑰匙叮叮噹噹地唱歌。

一切無聲無息的大功告成後，你會覺得自己是個當忍者的料，即使已經逼出一身冷汗。

把紙條放定之後，我立刻恢復原本的坐姿，若無其事的拿起筆，看著桌上的課本，在某個章節的粗黑字上標註星號，拿出重點標註筆劃線。

我劃了什麼東西我也不知道，反正那不是重點就對了。

她把手肘頂在桌面上，看著前方的黑板，似乎完全沒有發現她桌上多了一張紙條。

子雲在旁邊猛笑，指著我罵我延腦受創。

這時班導師從旁邊走過去，叫他拿著課本到冷氣前面罰站五分鐘。

因爲子雲不在，所以我很認眞的上了五分鐘課，五分鐘一下子就過去了，他回來後，搓著手臂跟我說冷氣機前面很冷，還很沒風度的對我比出右手中指。

然後，我很有禮貌的回他兩支。

她還是沒有發現紙條，我很慌，心很緊，眉頭像是綁死結的拔河繩。

「怎麼辦？」我問子雲，手心有點出汗。

「拿回來。」

「拿回來？」

「對啊！懷疑啊？她又沒發現，你紙條放在那邊下蛋嗎？」

「我不敢。」

「不敢？」他的眼皮瞬間撐開，像是在街上看到美女裸奔。

他看了看我，抬頭看了看講師，再回頭看了看班導師。

班導師正認眞的批改我們上課前的小考試卷。

他起身，伸長手，把紙條拿回來。

她沒發現，手肘依然頂在桌面上，好像沒有動過，我懷疑她是不是睡著了。

「拿回來了，然後呢？」

「直接拿給她。」子雲很自然、很無所謂的說。

直接拿給她？

這句話相當有威力，像一道閃電當我頭上霹下去，像一把利斧朝我胸前斬進去。

正因爲威力十足，所以我不小心驚呼了一聲，好死不死班導師又走過去。

冷氣機前真的很冷，我又很認真的上了五分鐘的課。

後來，經過一番掙扎，我在紙條上多寫了個PS。

妳的頭髮很漂亮，很漂亮，很漂亮。

PS.能否請問貴姓？

By 坐妳後面的男生

努力調整呼吸後，我在她的肩頭上點了兩下，她回頭，鼻間泛起一陣香氣。

我沒有藤井樹那麼會形容女孩子的美麗，我只能說她的美會讓我忘記吃飯睡覺上廁所。

「這是給妳的。」我有一氣沒一氣的說完這句話。

「嗯？喔。」她有些詫異，然後把紙條接過去。

我低頭看著課本，又劃了個不是重點的東西。感覺血液往腦袋裡衝，耳根燙得能煎蛋。

過了一下子，我的鼻間又泛起一陣香氣，她把紙條傳回來給我，對我笑了一下。

同學，謝謝你的誇讚。

我姓鄭，你呢？

☆ **那堂課，我劃下唯一的重點，是妳的姓氏**

3

我呆了好一下子，對著那張有她筆跡的紙條。

「同學，謝謝你的誇讚。我姓鄭，你呢？」「同學，謝謝你的誇讚。我姓鄭，你呢？」「同學，謝謝你的誇讚。我姓鄭，你呢？」

「我姓鄭，你呢？」「我姓鄭，你呢？」「我姓鄭，你呢？」「我姓鄭，你呢？」「我姓鄭，你呢？」「我姓鄭，你呢？」「我姓鄭，你呢？」

我被那簡簡單單的幾句話迅速淹沒，如果用漫畫手法來表現，當時我可能會被畫成一個看著紙條發呆流口水的癡呆。

「我姓鄭，你呢？」這句話，有五個字，一個逗號，再加一個問號。

可是我什麼都看不到，我只看到最後的兩個字：你呢？

「她問我耶！她問我耶！」我壓低聲音，拉著子雲衣服亂扯，掐著他脖子猛晃，話語背後隱藏著一股隨時會爆發的興奮。

「她問你……可是我的脖子……不會回答她啊……」子雲快斷氣似的擠出這句話。

「快！快！快！接下來寫什麼？」

「她問你你就回答她啊！你該不會樂到姓什麼都忘了吧?!」

「就這樣？一句『我姓唐』就好了？」

「不夠嗎？剛剛三圍問了沒？」

哇銬！都已經事隔十數分鐘了，他還記得三圍的事。

這種時候問這樣的男人沒用，他們只記得數字問題而已。

子雲曾經跟我提過，數字很神奇，它簡簡單單，卻能營造出很複雜的心境。

他說，把喜歡的女孩子生日記起來，當做提款卡密碼，哪天故意請那女孩子幫你領款，如果你們的關係或她對你的印象一向不錯，那麼錢領出來，她的感情也順便領給你了。

他高二時曾經做過這樣的事，藉故請他喜歡的女孩子到學校門口提款機領兩千元，在一陣大排長龍之後領到的，是一張明細，上面標註餘額只有十七元。

他又說，把喜歡的女孩子車牌號碼記起來，以後停車時無論如何都要停在她旁邊，這樣既自然又不怕尷尬，如果你們的關係或她對你的印象一向不錯的話，那麼哪天提早下課的話，可以邀她去西子灣看海。

不過，這餿主意又出了岔子。

又是高二，到圖書館念書，爲了把車停在那女孩的車旁邊，子雲硬是把別人的車抬到別的地方；但他沒注意到地上的停車格，中午要吃飯時，從他的車子開始往左，全部遭吊。

那女孩子的車子停在他的右邊。

這兩個例子告訴我，我不能聽他的，因爲我的提款卡沒有錢，而且那次吊車，我的車子停在他的左邊。

現在，他對三圍這數字很感興趣，還說他想到香港或日本的銀行開個戶，因爲那邊的銀行所發的提款卡，需要六位數的密碼。

「你想想，三六二四三六這樣的提款卡密碼，誰會忘記？」大二時，他這麼告訴我。

鄭同學，我姓唐。

等等下課有空嗎？

我換了張紙條，點了點她的肩頭，把原來那張紙條折好，收到我的皮夾裡。

第一節下課？還是第二節下課？

我的鼻間又瀰漫一陣香氣，她笑了一下，把紙條放在我桌上。

有差別嗎？如果我說兩節下課都要呢？

我伸了伸舌頭，驕傲著自己想出來的問句。

有差，而且你有點貪心。

這次她沒有回頭，只是直接把紙條放回來。

這次貪不成，下次也行。

我發現，每次要把紙條傳給她時，點她肩膀的那一瞬間，我的呼吸會有不一樣的轉變。

第一節下課，你要幹嘛？

我們從學校趕來，還沒吃晚飯，想邀妳一起吃。

吃什麼？你請客嗎？

只要妳點頭，那有什麼問題。

好，但下次吧，我有帶吃的來。

然後，她把紙條拿回來，手上多了一盒義美小泡芙，奶油口味的。

她沒說話，只是示意請我吃。

我笑著說了句謝謝，接過紙條，但沒有拿小泡芙。

下課後，她很迅速的闔上課本，跳下座位，離開教室。

子雲已經趴在課本上睡著了，這不能怪他，因爲三民主義實在是沒什麼吸引人的地方。

我肚子餓，搭電梯到樓下的7-11，買了個土司跟牛奶。

結帳時，看到她剛結完帳走出7-11，走到一台機車旁邊，打開置物箱，拿出一些東西。

我走出7-11，看了看那台車，那是一台黑色豪美。

「我肚子餓了。」第二節課快上了一半，子雲才醒過來，嗚嗚呀呀的說。

我把土司遞給他，卻忘記交代他要留一些給我，結果他五分鐘就吃光了。

「哇銬！」我驚訝著他的速度，銬了他一聲。

「哇銬！好難吃。」

「哇銬！吃完就算了，還嫌它難吃，你共產黨啊！」

「哪買的？」

「樓下7-11。」

「那難吃就算了。」他沒再說話，趴著又繼續睡。

班導師從他旁邊走過去，用書鏘他的頭，他起來說了一句話，就到冷氣機前面報到了。

他說：「哇銬，誰打我？」

五分鐘後他回來了，剛坐定，就看到她在打瞌睡。

是的，沒錯，是她在打瞌睡。

「你的鄭小姐睡著了。」

「沒關係，讓她睡，我會掩護她的。」

「眞偉大，看來你好像胸有成竹的樣子。」

「那還用說？等等下課，包準有你瞪眼的份。」

「什麼事？」

「我知道她的車是哪一台了。」

子雲的眼睛，不但像是看到女人裸奔一樣瞪大，而且那個女人可能已達知天命的高齡。

「那你的車咧？」

「你說咧。」

「停到她旁邊了？」

我點點頭，自己都感覺到自己的驕傲。

「哇銬！」

「沒什麼啦。」

「果然厲害，學的眞快。」

「那是因爲有名師教導啊。」

「還好還好，名師也得有高徒啊。」

因爲得意忘形，我又在課本上劃了一個不知道什麼鬼的重點。

這時，子雲突然捉住我的手，認眞的問了我一個問題。「三圍咧？你問了沒？」

☆ **子雲說，沒有人是完美的，就連處女座也不例外**

4

下課了，是第二節下課。

她打了半節課的磕睡，在老師說了句：「好了，同學們，今天就上到這裡啦！」這句話之後，她很自然的清醒，收了收手邊的課本。

補習班的三民主義老師是屬於漫畫型的，他操外省口音，有白色鬢毛，右邊臉頰後方有顆長壽痣，痣毛大概有五公分長。我們都叫他「包青天」。

他總會嫌補習班的教室太大，冷氣吹不到前面的講台，所以他自己帶電風扇，把電風扇擺在講台上。每次他在黑板上寫完字，回到講台時，他的痣毛隨風擺蕩，再加上那顆痣的尺寸不小，遠遠看來，總會覺得那像是一條小蛇，不時吐出牠的舌頭。

他常在上課的時候忘我、情緒激動，像是在京劇裡張飛嚷著要單槍匹馬到東吳周瑜那兒營救劉備時的慷慨激昂。

記得那時看到這段戲，我有點霧煞煞，畢竟要聽懂京劇裡的對白是件不容易的事。

「背轉身來自參詳，咱大哥若在那東吳喪，周郎啊！莫抵兒難逃俺老張之丈八鎗。」

這一段唱的用力，唱完後會發現扮演張飛的人臉上的戲妝會透出激烈的紅。

包青天偶爾也會來這麼一段：「鑒古書來自凝望，吾主義若讓那匪類亡，鄧共啊！莫抵兒難逃革命軍之正氣長。」

看來，我看到的那一段正好他也看過。

激烈過後，他會語重心長的說：「你們啊！清清萬萬不要認爲廢了三民主義這門課是件好事兒，這書兒裡一條條載著中華民國的根子兒啊！虧現在的教育部長還是個念過書的小頭兒，竟沒半滴兒遠見地，死了那些先烈的心啊！」

白癡都知道他是國民黨的。

我聽了是沒什麼感覺，因爲那年是最後一年考三民主義，有沒有廢對我來說都沒差。

我擔心的倒是包青天的正氣，會讓他在上課時血壓升高、心臟衰竭，因爲很多人都跟他說「廢得好，廢得妙」，還嘎嘎叫給他聽。

對了，附註一下，清清萬萬＝千千萬萬。

抱歉，我忘了我在說故事。

下課了，是第二節下課，她醒得很自然，剛剛前面已經說過了。

我跟子雲收好了書，背上書包，慢條斯理的走到電梯前面。

這時候電梯很會唱歌，因爲常常超載。

我常在想，如果電梯警告超載的聲音不是「ㄉㄟ ㄉㄟ」叫，而是一句驚天動地的「最後進來的那隻豬給我滾出去！」，那麼，最後進來的那個人可能也不會走出去，因爲他待在電梯裡也是豬，走出電梯也是豬。只是，出產這座電梯的公司可能會被告到死。

她穿過那群等電梯的人山人海，然後走下樓梯。

我們的補習班在九樓，老舊建築裡的樓梯總是昏暗的。

樓梯間迴盪著腳步聲，有的人穿著高跟鞋，聲音聽來很刺耳，好像她很趕，趕著接下一個Case；有的人穿布鞋，鞋底打死不離開地面，拖地的聲音像是他再過五秒鐘就會暴斃。

一出樓梯間，黑輪攤的香味撲鼻，因爲我的土司被子雲吃光了，所以我用眼睛吃了一份鴨血外加一組大腸夾香腸。

她走向那台黑色豪美，打開置物箱，把包包放進去，然後從口袋拿出口罩。

那個口罩是寶藍色的，左下角繡了一排英文字。

「去！我在湖邊等你。」子雲推了我一下，從書包裡拿出一條巧克力。

「給我吃的？」

「想的美。」他走向他停車的地方，揮了揮手。

「咦？這麼巧？我的車停在妳旁邊。」我開始裝傻，這戲還不算難演。

「啊！嗨！是啊，眞巧。」她戴上口罩，眼睛在笑。

「明天，妳也會來嗎？」

「不會，我明天的課在安正上。」

安正是我們補習班另一棟有教室的地方。

「我明天也在安正。」

「眞的？那，明天你請吃飯嗎？」

「好啊！沒問題。」

「開玩笑的，我其實都回家吃飽了才來上課。」

「喔？那改天給個機會讓我請請妳。」

「再說囉！」她向我揮了揮手，拉著機車把手。

我幫她把車子牽出那狹小的車位，並且發動。

「謝謝，我走了，拜囉。」

「好，拜拜。」

她的豪美不太好，也不太美，她騎走的那一瞬，我看不見她，只看見一陣濃濃的白煙。

她的離開雖然緩慢，但像是忍者一樣，躲進一陣煙霧中，待煙霧消散，已經不見人影。
我騎上我的白色 Jog，到子雲跟我說的湖邊。
我們每天下課，都會到湖邊的小貨卡旁吃黑輪。
湖邊不是店名，也不是地名。它很簡單的就是湖邊，在高雄澄清湖的湖邊。
第一次看見她在我眼前離開，我有點難過。
總覺得她的離開一點負擔都沒有，而我卻已經在等待下一次的見面。
她離開時，口罩後面是什麼表情？是不是跟她的眼睛一樣，笑笑的，白色嫣潔的美麗？
寶藍色口罩配上她潔細的膚色，讓我覺得她像鑽石一樣亮晶晶。
左下角那排亮紅色的英文字，繡的是書寫體的「Feeling」。

☆ **她的離開一點負擔都沒有，而我卻已經在等待下一次的見面**

5

子雲吃東西的速度不快不慢，跟男孩相比屬於慢條斯理型，跟女孩子比他也沒快多少。
問他為什麼吃東西這麼慢，他總會無心理會般的瞄你一眼，答案總讓你不知如何回應：
「花花綠綠的食物吃下去總會褐褐黃黃的出來，幹嘛不多享受一點過程？」
「吃慢不一定有氣質，但吃快一定沒氣質。」

「報告趕的要死，時間少的要死，教授又打不死，吃飯幹嘛急著噎死？」身爲他最要好的朋友的我，其實是不應該把他沒氣質的那一面抖出來的。

記得有一次跟他一起吃飯，是兩三年前的一個中午。

那次立群、俞仲、石和、凱聲、泓儒、還有子雲跟我一票人一塊兒到六龜甲仙去玩。

我們騎車騎的很累，想找間有冷氣的山產店吃飯，當時觀光業並沒有蕭條到現在這樣的程度，經濟不景氣的現象也只在蘊釀期，李登輝也還穩坐總統王位，所以那天觀光客很多，還不時看見一票遊覽車隊。

山產店的生意很好，家家爆滿，我們沒搶著位置，坐在店門口旁邊，只能仰賴自動門打開時冷氣從裡面竄出的那三秒鐘清涼。

子雲，處女座，你們也知道，潔癖慣了，不喜歡流汗也就算了，最痛恨在不運動時還流一身汗。

我們可憐他，讓他坐在靠自動門的位置，他不時揮手讓自動門開啓，享受短暫的清涼。

吃飯前我還告誡他，除了他之外，其他人都是搶飯高手，如果他不吃快點，山上可是沒有7-11可以買泡麵的。

過了一陣子，開始上菜，是子雲惡夢的開始。

上什麼菜我忘了，只依稀記得一盤高山白菜他吃了一口，一份○X肉他只搶到半塊，一尾大魚他只能用湯拌飯，最有印象的是那碗吻仔魚勾芡，他竟然記得他只吃到兩隻吻仔魚。

後來，我們把湯留給他喝，想必那天他是灌湯灌到飽的。

身爲他最要好的朋友的我，其實是不應該把他的糗事給抖出來的。

不過那次之後，他都會盡量避免跟我們一起吃飯，畢竟他家只有他這麼一個兒子，我們也不忍心餓死這個沒有任何兄弟姐妹的傢伙。

到湖邊時，他已經開始吃起黑輪了。

我把車停好，叫了份大腸加香腸。

「怎樣？順利嗎？」他依然慢條斯理的吃著他的黑輪。

「還好，明天，她在安正上課。」

「啊哈！天不從人願，明天我們在本部。」

「可是，我跟她說我也在安正。」

「啊哈！你根本找死。」

「大不了上完課衝到安正等她。」

「啊哈！那你車停哪？不是該停她旁邊嗎？」

「沒錯！」

「啊哈！王老先生開Taxi，咿呀咿呀唷！」

「不，你唱錯了。」

子雲拿起第二根黑輪，才開口要咬下去，就恍然大悟般的瞪大眼睛看我。「王老先生姓王，不姓吳喔……」他咬下黑輪，用嘴裡剩餘的空間發音。

「啊哈！我不認識王老先生。」

「我認識，我幫你找他。」

「啊哈！王老先生明天要耕地沒空。」

「不！不！不！王老先生那塊地賣了，他每天都開Taxi。」

那天晚上，我在日記本裡寫下這一段，從遇見她開始，到吃過大腸回到家。

我平時是不寫詩的，為了子雲的慷慨就義，我特地寫了兩句意思意思：「友情歷久一樣濃，子雲每拗必成功。」

隔天，學校一下課我就急奔補習班，在安正樓下等她。

等她不是為了跟她一起上課，而是要把車停在她旁邊。

子雲眞的是很夠意思的朋友，那天補習班下課後，他載我到安正去，到安正樓下剛好沒油，車子的聲音像是突然間停電了的大型發電機。

他自己牽車到數百公尺外的加油站加油，但那家加油站是中油直營的，晚上九點就關門了。也就是說，他是自己一個人在那樣寂寞的夏夜裡，孤單的把車牽回家的。

他怎麼可憐先擺一邊，現在主角是我。

「嗨！眞巧，我又停在妳旁邊。」

她從安正的樓梯口走出來，拿出鑰匙，打開置物箱。「不會吧！怎麼這麼巧？」

「呵呵，大概又是巧合吧！」

「那今天你坐在哪啊？我沒有看到你啊！」

「喔！今天改邪歸正坐在前面，我上課可認眞了呢！」

「眞的嗎？那你課本借我好不好，我第二節課睡著了，有些重點沒抄到。」

啊！毀了，我怎麼可能知道她今天上什麼啊？

「呃……啊……妳……哪裡沒抄到？」

「五銖錢那裡。」

「呃……五銖錢，我想一下……」

「幹嘛用想的？課本不方便借我嗎？」

「呃……不是……是……課本已經借別人了，就昨天坐我旁邊那個男生。」

子雲到現在還不知道這件事，就這樣單純的被蒙在鼓裡六年。

「那，沒有關係，我去跟別人借。」

「不，不用了，我可以告訴妳。」

「告訴我？」

「對，妳拿筆記好，西元前一一八年，西漢漢武帝元狩五年，罷三銖錢，鑄五銖錢，直到西元七年王莽更改幣制，以錯刀制與五銖錢並行；西元九年，廢五銖錢，那年正好是王莽竄漢，立新朝；直到西元四〇年，東漢光武帝建武十六年，又復行五銖錢；黃巾之亂後，西元一九〇年，董卓遷都長安，那年是漢獻帝初平元年，獻帝遭脅，董卓亂政，壞了五銖錢，更鑄小錢；到了西元二二一年，魏國廢五銖錢，但在同年又立了五銖錢；後來五銖錢一直演進與改變，直到西元五八一年，隋王楊堅稱隋文帝時，是最後使用五銖錢的時代，後來的唐朝高祖李淵就不用五銖錢了。」

她聽完後，嘴巴微開，兩眼呆滯。

我搖醒她，帶她到附近的肯德基，把該記的東西寫下，又把其他沒寫的重點補上。

「你……怎麼這麼……」

「別想太多，我只是比較清楚錢而已，尤其是五銖錢，所以我有個外號就叫五銖錢。」

「爲什麼單單只清楚錢？」

「沒什麼爲什麼，自古英雄只爲錢，打死要錢不要臉。」

她咯咯笑，笑聲像是被強力膠黏合一樣的綿密輕細。「那麼，五銖錢，其他的問題也可以問你嗎？」

「可以啊，我也不想當五銖錢。」

「爲什麼？」

「妳不覺得，五銖錢像垃圾一樣被廢來廢去嗎？」

「不會呀！這麼厲害的五銖錢，誰敢廢你？」

五銖錢就這樣立了又廢，廢了又立的存活了六九九年。

即使我並不是五銖錢，但眞正的五銖錢還是被廢掉了，心頭不免一絲小酸。

如果要我選，我想當微積分。她是X常數，而我是次方項，見面是微分，分開是積分。想見她的時候我把自己微分掉，不能見她的時候我把自己積回來，如果微與積能讓我決定，那是最好不過了。

但我並不是微積分，我是五銖錢，而且五銖錢被廢掉了，毀在唐高祖手上。又是一陣白煙，她又像個忍者一樣的離開我的視線。

我不求我能存活六九九年，我只希望她不是唐高祖。

☆ **如果我是次方項，我會天天微分自己，只為了見妳一面**

6

「問你們一個有趣的問題。」說這句話的人，叫方傑。

方傑，是補習班裡的一個數學老師，據了解他的年紀僅逾三十，上起課來很率性，他還提供了「方傑獎學金」，給補習班裡考上台大數學系的學生，因爲他是台大數學畢業的。

其實大家都知道，他的名字打死不可能叫做方傑，因爲他任教於某所高中，所以在補習班裡兼課，是必須用假名的。這跟藝人的藝名有異曲同工之妙。

他可能姓方，但不可能單名一個傑字。

本來，我對這些事情並沒有特別的研究，只是有一天突然發現，補習班裡所有的老師，他們的名字通通都單姓孤名，除非有一個姓歐陽或張簡什麼的，那他的名字可能會正常點。

教國文的老師叫徐翎；英文老師有兩個，一個叫張卉，一個叫王恆；包青天的名字叫嚴雋；數學老師有三個人，一個叫方傑，另外兩個是李昂跟許軍。

我每次上課，總覺得身在三國時期，而且懷疑他們是不是都騎馬來上課？

子雲比較扯，他說他想去教師休息室，看看這些老師們會不會隨身帶著弓箭或是關刀之類的東西。

話題扯遠了，我們回到課堂上。

距離上一次跟她在肯德基分手後，已經有近一個禮拜的時間。

有時候她會在第一節上課後才紅著臉進教室；有時候我跟子雲剛到補習班門口，就看見她坐在機車上啃麵包、喝奶茶；有時候我跟子雲遲到，她會把我們沒抄到的重點部份借給我們，順便收個十塊錢。

有一次，我在她的三民主義講義上的某一頁裡，看見了三個字。

那三個字很惹眼，也很刺眼，在一堆密密麻麻的印刷體當中突出，像數萬個矮人當中站了個巨人般的突出。

她不太跟我說話，也不太跟旁邊的人說話，她上課時不是埋首用功，就是埋首睡覺，通常第一節課過後，就是她睡覺的時間。

我很想問她為什麼這麼累，但是一直沒什麼機會。

子雲說沒關係，這只是過度期，至少她的講義都只借給我，而不是別人。

直到，有個男孩子，在一次座位調整中，坐到她的旁邊，我才發現，情勢對我似乎越來越不利，我有種不祥的預感。

「有一橢圓，長軸是a，短軸是b，求內接最大三角形最大面積是多少？」方傑問，在黑板上寫出這個問題。

這就是我佩服學數理科學的人的地方。

他們總會覺得不有趣的問題其實很有趣，不簡單的問題其實很簡單；就像不漂亮的人他們覺得很漂亮，不好吃的東西其實很好吃。

後來想通了之後發現，他們看不見不漂亮的人不漂亮在哪裡，他們吃不出不好吃的東西不好吃在哪裡，原因是因為他們什麼事都需要科學根據。

「她不漂亮？你是根據什麼原理得到這個結果的？」

「這東西不好吃？請你提出證明給我看。」

我不知道別人聽到這有什麼感想，我只覺得這問題是在浪漫生命與時間。

「這問題有趣？那李登輝絕對是帥哥。」子雲說，右手托著下巴。

「沒錯！陳文茜絕對是中國小姐。」我說，左手托著腮幫子。

我跟子雲互看了一眼，然後搖頭嘆氣。

周圍的同學笑成一團，引來了班導師。

後果你們都知道，我跟子雲拿著課本，到冷氣機前吹冷氣。

「後面那兩位吹冷氣的同學，你們是怎麼了？」方傑指著我們，笑著說。

全班一百多個學生同時回頭，我跟子雲臉都綠了，像陽光下的芭蕉樹葉。

「老師，他們說，如果你這問題有趣，那李登輝一定是帥哥，陳文茜一定是中國小姐啦！」說這句話的人是建邦，他就是坐在她旁邊的那傢伙。

建邦很活潑，他活潑到你把他倒吊過來他還是能活潑給你看。

建邦很可愛，他可愛到你不顧他的面子甩他兩下他還是能可愛給你看。

建邦很善良，他善良到你拿掉地上的口香糖給他吃他還是吃下去給你看。

建邦很……

子雲叫我不要說了。

「喔？那你們一定覺得它很無聊，而且簡單的可以囉？」

我跟子雲都沒說話，綠臉快變成紫臉了。

「這樣吧！如果你們解得出來，我可以答應你們任何一件可能的事。」方傑雙手叉腰，一副胸有成竹的樣子。

「任何一件？」子雲說，懷疑著方傑所說的話。

「沒錯！任何一件可能的事，也就是可能發生、可能完成的事。」

「標準在哪？」

「除了摘星星、上太空、兩百萬、吃大便、裸奔等事之外，其他都屬可能的事。」

子雲把書遞給我，往黑板走去。走之前還對我說「看著吧！」，他的眼睛在發亮。

「獻醜了。」子雲轉頭對全班同學說。「首先，我們假設橢圓長軸爲 a，短軸爲 b，其面積爲單位圓之 ab 倍，又單位圓內接三角形最大面積爲正三角形的時候，面積爲 3/4（3）^（1/2），利用線性變換把這個三角形映到橢圓內即爲所求，所以所求爲 $\frac{3}{4}\sqrt{3}ab$。」

子雲放下粉筆，向方傑點了點頭，回到冷氣機前。

「那位同學，你叫什麼名字？」方傑問，笑著說。

「吳子雲。口天吳，孔子的子，白雲的雲。」

「好名字。將來想念哪一所學校？哪一科系？」

「我媽最不想讓我念的學校，最討厭的科系。」

「喔？是台大數學系嗎？」

這番話引來一陣哄堂大笑，方傑也笑開了嘴。

他請我們回到座位上，待我們坐到位置上時，她回頭對我們笑了一下。

「那，我再給你一個問題，如果你還能解出來，再奉送兩件可能的事。」方傑語中帶著力道，有轟隆的感覺。

「如果解不出來呢？」

「如果解不出來，我就收回前一件可能的事。」

他在黑板上寫了個題目，放下粉筆，示意子雲上台。

他的題目是：「設 $0 < \theta < (\pi/2)$，試求函數 $F(\theta) = (2/\sin\theta) + (3/\cos\theta)$ 的最小值。請用不等式方式來求解。」

就在子雲猶豫著要不要上台的時候，建邦走下座位，往台上走去。「老師，這一題，請讓我來。」

我的不祥預感就是從那時候開始的。

因爲當建邦走下座位的時候，她開始看著他，從他開始解題到回到座位上，她的眼睛，就沒有離開過他。

7

☆ 情敵就是這樣出現的，他總是想贏你，在她的面前

後來，自從建邦解出那一題不等式之後，她那雙當時沒離開過他身上的眼睛，就像上了膠一樣的更難離開了。

我總是在上課時看見他跟她的紙條傳不完，她總是在下課後把數學課本移到他面前，然後兩人有說有笑了起來，他總是可以坐在她旁邊，跟她肩貼著肩。

甚至，他還幫她買味全鮮奶，還有一塊巧克力蛋糕；好死不死，那種巧克力螺旋糕是子雲最喜歡吃的。

「屎人（註），我以後不想看見那種巧克力蛋糕……」我語帶恐嚇子雲。

註 屎人，是祥溥叫子雲的專「友」名詞；而子雲叫祥溥，則是用「蝨子」

「呃……那……那鮮奶咧？」

「我也不想看見。」

「他買的是味全的ㄋㄟ，我買光泉的總可以吧？」

「不行，只要有『ㄑㄩㄢˊ』的都不可以！」

「可是，味全的『全』跟光泉的『泉』不一樣啊！」

「勞工企業團體的『勞』跟把你打到ㄌㄠˊ•ㄏㄨㄟ（流血）的『ㄌㄠˊ』也不一樣。」

當然，我並沒有把子雲打到流血，因爲他再也沒有在我面前吃巧克力蛋糕。

我開始怪子雲，爲什麼不上台去解題？

而子雲給我的答案很簡單：「如果解題之後，我跟她之間就像是他跟她之間，那，我肯定會ㄌㄠˊ•ㄏㄨㄟ。」

爲什麼建邦可以這麼快地接近她？

我左思右想都想不出答案，總覺得他運氣好，方傑的那一題不等式是所有錯誤的開始。

可能是他在不等式這個部分學得比較精深，所以那樣的難題他可以相當順手的解出答案，當別人在心中驚歎著他的聰明時，他可能在心裡偷偷竊喜：「還好，沒人發現我只會不等式……」

「那跟不等式沒關係。」子雲這麼告訴我，在我禁止他吃巧克力蛋糕之後。

既然跟不等式沒關係，那肯定跟建邦有關係。

總覺得他的眼神有一種邪惡，金屬框後雙眼皮下的瞳孔不時釋放出不懷好意的訊息。

女孩子總是會喜歡這樣帶點壞氣息的男孩子，難道這樣的男孩子比較帥？林建邦帥嗎？他真的帥嗎？

好吧……我承認，他是蠻帥的。

他高，他身材適中，他髮色如墨，他皮膚稍黝，他肩膀寬闊，他成績一流，他高雄高中，他……

反正，他有的我都沒有。

在那個尷尬時期，帥就能填飽女生的肚子，金城武郭富城就是這樣紅的。

「那跟林建邦沒關係。」子雲這麼告訴我，在我禁止他在我面前喝牛奶之後。

既然跟林建邦沒關係，那肯定跟方傑有關係。

平白無故出個鳥問題要人家作答，自己閒在旁邊不教課，上完課之後又領相同的鐘點費，無聊至極；不時開著他的紅色 BMW 三一八在補習班樓下招搖，載女學生趕火車，其實心懷鬼胎、風流花心，快三十了還不結婚，肯定是某方面有問題……

「那跟方傑沒關係。」子雲說完這句話之後，我就禁止他說話了。

其實，我的數學並不差，當然，不差是指當時而言，如果你現在拿出一題高中數學要我解答，我一定二話不說……死給你看！

既然不是那題不等式的錯誤，不是建邦的錯誤，也不是方傑的錯誤，更不是子雲的錯誤，那是誰的錯誤？

我掉進這樣的迷思好一陣子，子雲沒幫我什麼，因爲他開始偷吃巧克力蛋糕，開始偷喝光泉鮮乳。

時間不會因爲這樣的迷思而走慢了點，儘管我每次補習都把車子停在她的旁邊，我跟她之間的距離，並沒有因爲停車位的距離縮減而縮減。

我拚了命想辦法挽救頹勢，子雲似乎沒看見我的緊張，每每問他問題，他總是輕描淡寫的帶過，沒有他的幫助，我就像失去了周瑜的孫權。

林建邦的出現讓我方寸大亂。越想解出來的數學越是解不出來，越想背起來的三民主義越是背不起來，課本上開始出現一堆不知道什麼時候寫上去的廢話。

「林建邦，去死！雄中了不起啊？我呸！」

「林建邦，混蛋，不是東西，是南北。」

「林建邦，建啥邦？別『賤』了別人的邦就謝天謝地了……」

歷史課本裡的唐太宗肖像還被我畫上小草人樣，那陣子我開始帶針去補習班，就爲了扎他的小人頭。

後來補習班一次數學考，成績公佈在教室後面的佈告欄上。

林建邦考了九十五分，她考了七十七分，而滿分一百的分數我只拿了一半。

子雲在那次考試的時候睡在考卷上，因為他用口水寫答案，所以是零分。

「你考試的時候怎麼了？你不應該只拿這樣的分數的。」她轉過頭來安慰我，下課時。

「沒有，考不好是沒有理由的。」

「如果你有問題，可以問建邦，他數學很好呢！」

「沒關係，我可以問子雲，他數學很不錯。」

「喔！看得出來，上次那一題橢圓內三角的問題他解得好厲害。」

「所以妳有問題，也可以問子雲，不一定要問建……」

「什麼？」

「沒，沒有，我是說，如果我沒有問子雲，我會問建邦。」

說完這句話，我有種噁心的感覺。

就這樣，九月天過去了，十月也悄悄的過了好幾天。

第一次段考之後，緊接著是第一次模擬考。

還記得模擬考的第一個科目是三民主義，而我跟子雲是奉行摸魚主義的人，所以每次考三民主義，我們總要借別人的書來畫重點。

也就是那一次，我在她的三民主義課本上，看見三個既顯眼又刺眼的字。

那是我對她第一次萌生放棄的念頭。

☆ **男人的嫉妒，與女人的嫉妒，在表現上有差異，但其實內心的翻絞是相同的**

8

我跟子雲並沒有每天都在一起補習，因爲我跟他的類組別不同。

當初高一升高二時的類組選擇，我跟子雲，都猶豫了好一陣子。

在追求學問與知識的過程中，死背與理解之間，像是兩種完全不同典型的完美女孩一樣，你注定與她們相遇，也注定只能選擇其一。

後來，我選擇了第一類組，因爲我知道自己的個性，當遇到事情不知所從時，最笨的方法，是救命的唯一途徑。而我知道自己會不會念書，所以我選擇最笨的方法，就是死背。

我寧願把那些早就屍腐骨散的前人的名字、年代、事蹟、學說、傳記、著作等等雜七雜八的東西背起來，也不願意在不久的將來可能被推翻的化學反應式、元素特性、推力拉力、物理向量當中打滾，因爲我可能在還沒有搞清楚這個化學反應之前，就先被反應掉了。

子雲則不以爲然，他認爲念書選擇死背的方法，等於是找死，不是背書背到死，就是被書壓死。他喜歡在工作中找樂趣，而高中生的工作就是念書。

他毅然決然的選擇了第二類組，跟化學反應及物理定論搏鬥。

「愛因斯坦說過，宇宙最不可理解的，就是宇宙竟然是可以理解的。」他說這句話引起他探究事物的興趣，不管所遇何事、所見何人，他都會加以探究。

他喜歡說爲什麼，他喜歡想爲什麼裡面的爲什麼，因爲爲什麼是一個開端，你沒有開端，就走不到終點，你不親自探究答案，下一次遇到相同的問題，即使有前輩告訴你結果，你依然會半信半疑。

得到答案之前，所有的假設完全成立，在得到答案之後，答案就是自己的。

這讓他有所轉變，現在的他有能力，把一件複雜的事程序化，把一種深沉的情緒，輕易的用兩三句話表達。

那一年的十月天，子雲找了他這一生第一個女朋友，他用幾句話崩潰了那個女孩子的矜持，原因無他，就因爲他喜歡探究，而探究的過程中，他已經是個可以直接把假設答案當作正確答案的人。

那是他們社團的迎新會，在澄清湖青年活動中心，用露營的方式進行。

當晚，社長提議夜遊，到澄清湖附近的墓園去。

採一對一的方式，一個男孩子，照顧一個女孩子，從進墓園的那一秒開始，禁止男孩離開女孩身邊。

首先，男孩站成一排，由女孩挑選，當女孩站到男孩身邊時，不管男孩願意與否，都不能有怨言，男孩得負責女孩所有的安全。

她走在子雲左邊，拉著他的衣服走完全程，她的右肩、他的左臂，擦出的火花只有他們兩個人看得見。

「妳不只是想拉衣服而已，對不對？」夜遊之後，他在營火的灰燼前問她。

「我可以說不對嗎？」

「可以，但我想告訴妳，我不只是想讓妳拉衣服而已。」

課堂上，子雲坐在我旁邊，講台上是包青天，以及他自備的電風扇。

她依然動也不動的，雙肘抵在桌上，安安靜靜的聽課，旁邊是那位超級高中生林建邦。

我跟子雲在他解出那題不等式之後，就開始這麼叫他。

「我快睡著了……」子雲睡眼惺忪的說。

「你最好認眞點，明天模擬考，第一節就是三民主義。」

「啊！」

「你總算有點感覺了。」

「完蛋了……今天出門補習之前忘了錄NBA……」

「……」

「不過，考試還是挺要緊的，上次數學零分的成績寄回去，我媽看到差點沒送醫。」

「你有種就把明天的三民主義考卷一樣用口水寫答案。」

「沒，我承認我沒種，明天考哪裡？誰出題？」

我指了指講台上那傢伙。「就是他，聽說三十題選擇，三十題是非，還有四題申論。」

「夭壽喔……我連他現在上到哪都不知道……」

「我沒比你好哪去，我才剛開始抱佛腳。」

「哇銬！之前說好你抱左腳，我抱右腳的，怎麼可以偷抱？」

「我沒偷抱啊！這不是叫你一起抱了嗎？」

之後，我們決定找一雙比較漂亮的腳來抱。但與其說是我們決定，不如說是我決定。

於是，補習班下課後，我向她借了三民主義講義。

我跟子雲到麥當勞，點了一份薯條、一個漢堡、一杯紅茶、一杯可樂，紅茶我的，可樂他的。

我們坐下來，打開三民主義課本，開始畫重點。

重點沒畫得多兇，薯條卻是搶得兇。

「這條長的我的，這短的你的。」子雲拿著沾過醬的薯條比劃，像是在畫分楚河漢界。

「那這條比較脆的是我的，那條軟趴趴的是你的。」

「哇銬！那漢堡上面這塊香香的麵包我的，那塊烤焦的底部是你的。」

「哇銬！那這塊漂亮的肉是我的，酸黃瓜跟起司片是你的。」

我們不是故意這樣的，因爲當時我們是很窮的。

然後，東西搶完了，沒話題了，我們拿起筆，又開始畫重點。

也就是在這時候，我看見那三個字。

「屎人……你看……」我指著課本，要子雲抬頭。

「哇銬！這邊怎麼這麼多，幾乎全頁了嘛……」

「不是……是這個……看這個……」

「這是……啊……」子雲停下了筆，看了看我，又看了看那三個字。「我無法假設，因爲我沒跟她相處過。」

「這很明顯，不需要什麼假設。」

「但我得假設你不會被這些字影響。」

「來不及了……我已經看到了……」

「等我一下。」子雲跑出了麥當勞，大概有五分鐘之久。

「你去哪？」

「打電話問她，畢竟女人比較了解女人。」這個她指的是他當時的女朋友，也就是營火灰燼前的她。

「她怎麼說？」

「她告訴我，如果她寫出這些字，表示她有喜歡的人，而且非常喜歡，因爲那些字可能是不經意寫下去的，自己都不知道。」

「你有別的假設嗎？」

「沒有，因爲我也這麼認爲。」

我沒有再說話，子雲拍了拍我的肩膀，在繼續畫重點之前，他補了一句話：「我覺得，她離你很遙遠。」

我想你。

這就是那三個字，既顯眼又刺眼的三個字。

我想放棄，我第一次想放棄她。

☆ **通常都是一種簡單的不甘心，才讓故事繼續下去**

9

模擬考，在一個禮拜之後結束了。

補習班宣佈成績的速度很快，所有的工作人員，包括班導師、工讀導師、工讀生、接線生，大家都關在工作室裡，沒有一個不加入批閱考卷的行列。

因為我跟子雲時常被叫到冷氣機前面的關係，班導非常認識我們，他以一小時八十八元的工資，請我跟子雲幫忙。

我們的工作很簡單，就是跟整理試卷的女工讀生聊天，當有老師或主任在場時，工作個五分鐘，伸個懶腰，嘴裡嚷著：「嘩……好累……」，就可以離開工作室去摸魚了。

工作接近尾聲時，我們發現工作室的角落，放著一疊紙，那是我們的模擬考作文試卷。

我非常記得那一次作文題目，叫做「如果我會飛」。

剛開始拿到題目的時候，大家都驚呼一聲，有人高興，有人難過，有人不動聲色，也有人只在旁邊的姓名欄上寫了名字，其餘空白。

這樣的題目，其實非常極端。

在我的感覺裡，它是個很艱深的題目。它想引出你內心裡一些釋放不出的感覺，它像是鳥籠的那扇小門，在某一天被人開啓了，要不要飛走，看鳥兒決定。

高興的人，不消說，他們百分之百飛走，飛得遠遠的，永遠都不想再跟鳥籠見面，即使鳥籠裡的日子，吃喝拉撒全然不需操心。

難過的人，我想，他們跟我一樣，準備了一大堆時事、文學等等的資料，卻一點兒也派不上用場，自己又是隻不知道鳥籠門在哪兒的鳥，怎麼飛？

不動聲色的人，其實是最不簡單的，他們根本讓人看不出來這樣的題目能讓他們發揮到怎樣的境界。

不過子雲說我想太多，他說這些不動聲色的人，雖然不知實力如何，但大概會在紙上寫「神經病！人就不會飛還問這種鳥類問題，根本是找碴嘛！你飛給我看啊！飛啊！你飛啊！」

那只在姓名欄寫上名字的人，除了他們完全放棄之外，就是他們用這樣的方式，對這樣的問題做出無言的抗議。

我在那一堆考卷中，翻找著她的名字，而她的名字，是趁著打工之便，在考前發准考證時，我偷偷記在心裡的。

第一張翻到的是自己的考卷，得分多少，我已經忘了，只記得是個不太能入目的分數。

第二張翻到林建邦的，因爲他是又高又帥又聰明的雄中學生，所以我自認不敵，就省略了沒去看。

第三張翻到子雲的，分數之高令人咋舌，隨便三兩段，把國文老師唬得一愣一愣。

當中的某一段，他是這麼寫的：

御風載雲染天光，夢霧沌之境迷茫；
飛凰棲所燃慕煙，揚翅只盼鳳知詳。

其實這首詩並不符合七言絕句或律詩的要求，完完全全是唬爛，要不是國文老師看出他那兩句「御夢飛揚」、「雲之所盼」，他的分數大概是個位數。

在很後面很後面幾張，找到了她的作文試卷。

在一疊紙當中，放得越下面的，表示越早交卷。若我以我剛才找到的順序來說，最先交卷的是她，然後是子雲，再來是超級高中生，最後才是我。

我很認眞的應付這個題目，是因爲我重視分數，所以我寫得久，最晚交卷。

超級高中生因爲太超級了，所以我沒辦法猜測他的想法。

子雲天生就比較會寫這些有的沒的，所以他隨便寫，也就隨便交。

而她呢？

這樣的順序，其實沒有很大意義，只是可以隱約猜測，她怎樣看待這個題目的。

她可能不太會寫，所以索性放棄它，畢竟這不是聯考。

她可能不太想寫，所以索性放棄它，畢竟心情比較重要。

既然她這麼索性，那麼，我也就索性的看了看她究竟寫了些什麼。

我是 Feeling，從很久以前，大家就這麼叫我，直到現在，依舊如此。

Feeling，是感覺的意思，感覺不會落地，所以我一直是飛翔的。

我在我的 Feeling 裡飛，在我的想像裡飛，在我的心裡飛，也在你的心裡飛。

一直記得，第一個叫我 Feeling 的人，就是笨笨的你。

你總喜歡告訴我：「Just follow your feeling.」，眼裡總透出那麼一絲遙遠的感覺。

你說，我的名字很有 Feeling，不像你的名字土里土氣，所以，你一直都叫我 Feeling，我也只喜歡你叫我 Feeling，別人叫我 Feeling，都沒有 Feeling……

這張試卷，她只拿了五分，想當然爾，因爲她完全離題了。

但離題與不離題並不是重點，重點是，她爲什麼離題？

子雲看了之後，嘴裡一直念著 Feeling，他說她的作文，很像在數來寶，很像在繞口令。

而我，在她的作文中，看見了名叫「思念」的東西。

其實我並不訝異，因爲早在她的三民主義講義裡，我就已經看見了。

這個「你」字，讓我感到相當好奇。

後來，我想了很多，但我知道，只有她能給我答案。

在所有閱卷工作都告一段落之後，公佈成績的時候也就到了。

林建邦很不意外的，拿了很高的分數、很前面的名次，在第一類組的排名裡，他是公認必上台清交的。

子雲的成績本來就不差，分數距離他想念的政治大學，也只有一點點距離而已。

而我跟她很巧合的，拿了相同的分數。

「同學，數字的組合這麼多種，我們竟然會一樣。」她在我旁邊看著成績，拍拍我的肩膀說。

「那麼，是不是表示我們很有緣呢？」

「如果這也能牽扯到緣份，那大概就是了吧！」

「那，妳認爲，我們這樣的分數，哪所學校才是妳意中的容身之所呢？」

「當然是國立的好，中正或中央吧。」

「此話當眞？小生我與姑娘所想正巧又如分數一般的契合。」

「是嗎？那大俠認爲，該去慶祝一番是嗎？」

「姑娘果然好耳力，竟然聽出我話中帶有暗示語氣。」

「暗示歸暗示，慶祝歸慶祝，沒時間、沒好地方，慶祝是沒辦法成立的。」

「擇日不如撞日，有緣就是好時間，小生提議現在，不知姑娘意下如何？」

「好是好，但大俠若再如此說話，那咱們就展輕功慶祝去吧！」

我們並沒有展輕功去慶祝，除了我們不會輕功之外，其實是我們有摩托車。子雲拿到閱卷薪水就繳到他女朋友那兒去，所以身無分文，只好回家看電視啃麵包。

我跟她到了九如路麥當勞，點了兩份餐，因爲是慶祝，所以她不讓我付錢。

大家都知道，餐點裡有薯條，所以我向服務生要了兩包番茄醬、兩包砂糖。

「要砂糖做什麼？」

「攪拌。」

「和著薯條一起吃嗎？」

「是啊，很好吃。」
「怎麼想出來的？」
「子雲教我的。」
「你跟子雲好像很要好。」
「是的，他是個怪怪的好人。」
「既然是好人，爲什麼又怪怪的？」
「因爲他好的地方都怪怪的。」
她沒有再問我什麼，低頭看我把砂糖跟番茄醬混在一塊兒。
「想學嗎？」
「是有點興趣，不過，不知道好不好吃。」
「肯定好吃！試了妳就知道。」
「那你教我。」
「首先，我們要向服務生點餐。」
「這我知道。」
「然後是付錢。」
「這我也知道，請你跳過那些部份。」她呵呵笑，眉跟眼像一幅畫般的細緻。
「番茄醬與砂糖的比例是一比一，多則太甜，少則無味。」

「嗯，然後呢？」

「先擠出一包番茄醬，然後鋪上一層砂糖，再把第二包番茄醬蓋上去，最後鋪上第二層砂糖。」

「嗯，繼續。」

「拿出較短較堅韌的薯條一根，開始做圓型攪拌。」

「如果我想做三角形攪拌呢？」

「這問題有找碴的味道。」

她又呵呵的笑，撫著額頭。

「攪拌要自然、要柔順、有感情，像是爲情人按摩般的輕柔。」

「可是你說起來的感覺很煽情。」

「煽情？看來妳吃薯條的心情很不同。」

「是你把那感覺說得很煽情的。」

「感覺是自己從心裡面跑出來讓妳感覺的，妳感覺煽情，那就是煽情。」

「聽起來好像是我的錯。」

「不，我只是想告訴妳，Just follow your feeling.」

她聽到這句話時，抬頭看了我一眼，視線開始聚焦、渙散，聚了又散、散了又聚。

「我還不知道……你的名字……」她恍惚著，有點意識不清的說。

「祥溥，祥瑞的祥，溥儀的溥。」

後來，她說了句抱歉，跑出了麥當勞。

我手上拿著堅韌的薯條，眼前是尚未完成攪拌的番茄砂糖醬，還有她沒有吃的麥香魚，心裡是一陣錯愕，腦海裡，是她轉身離開前的淚眼。

☆ **Just follow your feeling，只跟著妳的感覺走**

10

每天早上，大約五點半左右，我就已經騎著機車到學校，因爲當時未滿十八歲，所以騎機車這樣的行爲跟當小偷強盜沒啥兩樣，你不可能大搖大擺的騎進學校裡，然後停在教職員工的停車位。

學校附近的商家，絕大部分是靠學生的消費過生活的，只要把家裡的騎樓與一樓內部做一些規劃，再往門口擺上「寄車」兩個大大的紅字，我包準你一個月淨賺數萬元。

假設你家騎樓與一樓內部共能停放五十輛機車，每輛每天收費二十元新台幣，那麼，一天就能收入一千元，如果你比較沒良心，或是跟鄰居關係不錯，把寄車企業版圖拓展到隔壁去，那麼，肯定你的月收入是五萬元以上。

我習慣寄車的那家，就屬於比較沒良心的，老闆可能是個退役老兵，女孩子都叫他「蘇杯杯」，男孩子則管他叫「蘇北ㄅㄟˊ」。

他操外省口音，每天都吆喝著學生該把車停這兒停那兒的，只差不要求標齊對正、全副武裝之類的。

「杯杯」是裝可愛的稱呼法，「北ㄅㄟˊ」這稱呼法則比較ㄍㄧㄥ，有一種明明是裝可愛卻又不想被認為是裝可愛的感覺。

我一點都不適合裝可愛，所以我不叫他「杯杯」，也不叫他「北ㄅㄟˊ」，我很乾脆，直接叫他「老大」。

「蕭白，泥每天都這摸早來幹啥子啊？」老大坐在躺椅上，拱著老花眼鏡對我說。

我想，我得翻譯一下，蕭白是他對我的稱呼，其實他是想叫我小白，因為我的座駕是白色Jog。

「練球。」

「臉秋？臉啥子秋啊？」

「排球。」

「排秋？泥是打排秋地啊？」

「嗯，是啊！是啊！」

「排秋沒他媽啥子好玩！邦秋才有曲呢！」

「棒球也是不錯啦。」

「啥止不搓地！相檔年俺在陸軍隊裡打游擊收，科身勇哩！那年是民國五十八年，俺剛剛晉升上士，那年地海陸科說是第一把腳遺，幸好那年地陸軍隊有俺，馬泥哥八子……」

「老大，二十元我放桌上。」

抱歉，各位，相信各位都知道，要這樣的好漢不去提當年勇是不可能的事情，就像要政治人物從良一樣的難。

如果你們看不懂他說什麼，請直接跳過，我已經盡力用中國字寫出他所說的中國話了。

到學校之後，我會直接到排球場，放下我的書包，換上T恤，先跑操場五圈，然後招呼學弟練球。

因爲已經年指高三，聯考比命還重要，所以一般的練球，高三隊員幾乎是不參加的，只是偶爾來摸摸，有大型比賽，就下場撐場面，畢竟是中國人，輸也不能輸的太難看。

記得那年舉辦了全國中等學校排球甲組聯賽，時間是國慶日之後，確切時間我已經不記得，只知道那年的生日，包括在整個賽程中。

爲了甲組聯賽，學弟們都非常努力練球，我知道我們學校拿不到冠軍，但只求把排名繼續掛在甲組，畢竟甲組要掉到乙組很容易，但乙組要爬上甲組很難。

不過話說回來，如果我還繼續在乎排球隊是否能繼續排在甲組名單，那我的聯考成績一定會很容易的掉到乙組。

所以雖然明知道接下來幾天，排球隊將陷入多場苦戰，但我很無耐的，必須與課本上的春秋諸國陷入苦戰。

就在我得知第一場將與台南縣省立白河商工交手的那天，教練把我叫去。

「祥溥，我知道，你已經高三了。」

「嗯，我還是很喜歡排球的。」

「你對排球隊的貢獻，我一直都看在眼裡。」

「嗯，我還是很喜歡排球的。」

「高三的課業，我也清楚，那是非常繁重的。」

「嗯，我還是很喜歡排球的。」

「如果聯考沒有考上理想學校，我也明白那種心情。」

「嗯，教練，您有話就明說吧。」

「明天，我們跟白河打，明輝這幾天請喪假，他不能上場……」

「我知道了，教練，我會上場的。」

明輝是二年級的，以校隊的傳統來說，二年級是肩扛勝負責任的。

受了教練的委託，我準備參加比賽，那是我最後一場正式賽。

當天，補習班考歷史，學校也考了歷史小考，不約而同的，他們都出了五銖錢的試題。

那天，是十月二十六日。

「五銖錢同學，謝謝你。」

考試過後，她走出補習班門口，我正在7-11門口喝著純喫茶。

「謝謝我？」

「對啊！如果沒有你告訴我五銖錢的重點，我還眞不知道那兩題怎麼寫。」

「不客氣，盡力而已，只是……」

「只是什麼？」

「爲什麼妳要叫我五銖錢同學呢？」

「沒爲什麼，就只是順口而已。」

「叫名字不順口嗎？」

「不是不順口，凡事都有習慣的。」

「如果妳不試一次，妳永遠都不會習慣。」

「我也不是習慣會去試的人。」

「沒關係，但我正巧相反，我是會習慣去試的人，所以……」

「？」

「我只知道妳姓鄭，還不知道妳的名字。」這話是騙人的，我早就知道她的准考證號碼、知道她的名字、找到她的考卷，但我就是想聽她親口對我說出她的名字。

「不需要知道，鄭同學也一樣是一種稱呼，也一樣能習慣。」

子雲說他喜歡聰明的女孩子，我終於知道原因何在。

她一定有辦法讓你啞口無言，偏偏她的表情看起來卻是那樣的輕鬆。

在補習班那樣的地方，要知道別人的名字很容易，就算我不幫忙發准考證、改試卷，只要跟班導關係好一點，甚至偷看座位表也可以。

但是，這樣有意義嗎？如果名字不是由她口中說出來，那就不會是她的名字。

「好吧！鄭同學，既然我在五銖錢上面幫了妳一點忙，我是不是可以要求一點回饋？」

「我盡力，五銖錢同學，但我得先聽聽是什麼樣的回饋。」

「很簡單，只要麻煩妳說兩個字。」

「哪兩個字？」

「明天不是假日，所以我們都要上課，但請妳在上午九點三十分時，想想我，然後說聲『加油』，可以嗎？」

她聽完，一臉茫然，頭髮溼溼的，因爲她一頭霧水。

雖然我期待她能到場替我加油，但現實永遠比任何東西都要殘酷，既然大家都要上課，我想，就這麼一點小小的要求，她應該不會拒絕。

隔天，一九九五年十月二十七日，我的生日。

我綁緊鞋帶，套上護膝護肘，場邊有白河商工的啦啦隊，也來了一群同校學生圍觀。

我第一次許下生日願望，在那一年的生日。

我並沒有許下學校能獲勝的願望，因爲我渴望能聽到她一聲「加油」。
早上九點三十分，在裁判一長音的哨聲下，比賽開始。

☆ **聽見妳一聲加油，勝過場邊所有人的崇拜呼喊**

11

「我要去買可樂，你要喝什麼？」子雲闔上化學講義，揉著眼睛說。
「純喫茶，再買一瓶光泉鮮乳。」
「爲什麼還要鮮乳？還指名光泉？」
「我要泡甘甜奶茶。」
「你花樣很多。」
「仍不及你萬分之一。」
他摸摸鼻子，離開了圖書館座位。
十一月天，高雄的腳步彷彿才剛踏進秋天。
長袖襯衫剛從衣櫥的角落拿出來，有木頭的味道，平時習慣穿的牛仔褲，換上深一點的顏色；這時是買夏裝的好時機，因爲每家服飾店都在大出清。

十月二十七日那天，我們輸給了白河。

爲此子雲買了瓶黑松沙士，翹了晚上的補習課，和我騎機車到屏東鐵橋慶祝。

其實我並不想喝黑松，因爲我有另外想喝的東西。

屏東鐵橋是一座廢棄的鐵路橋，它橫跨高屏溪，早期是台鐵的運輸道，因爲老舊而被廢置，約有四至五樓高，往下看便是高屏溪水，因爲周遭沒有光害，所以那是星星喜歡與人見面的地方。

後來有很多人在白天時，會到鐵橋上，帶著一瓶立可白，在鐵軌上寫字。後來鐵軌寫不夠，寫到橋架上，橋架上寫不夠，寫到橋墩上，橋墩上密密麻麻再也沒有空間，大家就開始不顧危險的往橋中心走，每個人都會記住他的留言，是在第幾個橋墩過後的第幾排鐵軌。

留言的內容有些是「某某某你他媽的欠錢不還，生兒子沒××！」、「某某某你欺騙誰誰的感情，我要你死無藏身之地！」、「某某某混蛋，老子打死不希罕你的薪水！」、「民×黨，國×黨皆是一丘之貉！」等等之類的。

這些留言並不代表南部朋友都充滿暴戾之氣，畢竟這樣的留言在絕對少數，單純的留言佔絕對大多數。

像是「某某某，我已經愛你很久了，你知道嗎？」、「你不愛我沒關係，我祝你跟某某某幸福。」、「某某某生日快樂，情人節快樂，耶誕節快樂，不要光想吃芭樂。」、「某某高中（職）第幾屆第幾班到此一遊。」等。

如果我跟子雲看到某些學校或某些人留下到此一遊的留言，我們一定閃得很遠，因爲我們都會聯想到孫悟空在如來佛手掌上寫下「齊天大聖到此一遊」之後，他竟然……

這天，我們並沒有免俗，我跟子雲帶著立可白，以及一瓶黑松沙士，坐在第四與第五個橋墩之間。

那是晚上，星星的數量比起城市裡要多了許多，月亮雖然沒有圓，但白皙的像個燈泡。

我問子雲，爲什麼我的學校輸給白河，他竟然要慶祝？

他說，贏的時候慶祝，是因爲贏了，但大家都一樣，有什麼好慶祝的？

又當我問他爲什麼要買黑松沙士時，他看看我，大笑著回答：「我並沒有要刻意在你輸給『白』河時就買『黑』松沙士給你喝，買黑松是因爲它正在特價。」

接著，他告訴我，她出現之後，我變得很會多想。

「多想？不，我並沒有特別的感覺。」

「你當然沒感覺，這就像身上的汗臭味，自己是聞不到的。」

「你倒是舉例來聽聽。」

「何必還舉例？就拿白河跟黑松來說就好，要是以前的你，你根本連問都不問就哥啦哥啦的喝光它。」

「喝光它就喝光它，幹嘛還哥啦哥啦？」

「說話時配點音比較生動易懂。」

「我還是不懂。」

「簡單來說，就是你已經不會把一句話當一句話聽，一件事當一件事看。」

子雲拿出兩個杯子，小心翼翼的倒了兩杯黑松，然後哥啦哥啦的喝光它。

「如果沒有她的出現，你不會想要到安正樓下等她，因爲你回家看日劇都來不及。」

「有……嗎……」

「如果沒有她的出現，你不會在我們改模擬考試卷時去翻看她的作文。」

「嗯……」

「再來，如果沒有她的出現，你根本不會想到白與黑這兩個顏色的差異，哥啦哥啦是你的專長。」

我拿起杯子，哥啦哥啦喝掉黑松。

「所以，你已經不會把一句話當一句話聽，一件事當一件事看了。」

「你是說，都是她引起的？」

「她只是引信，而炸藥本身是愛情。」

「這樣好嗎？」

「沒有好壞，只有結果，這得看炸藥的強度，以及它炸掉你哪裡。」

「我聽你在唬爛。」

「我是唬爛，不過我家那口子並沒有留住我的全屍。」

「你說學妹？」

「是啊！她只留下我的腦子，她說我只剩下腦子有點東西可以供她學習。」

子雲又倒了兩杯黑松，只是這回我淅瀝淅瀝，他一樣哥啦哥啦。

「聽你這麼說，好像又有那麼點道理。」

「道理都是唬爛來的，而唬爛是拿道理來佐證的。」

「那你剛剛那些是唬爛還是道理？」

「唬爛。」

「那……區區唬爛，何足掛耳？」

「古有云：不聽唬爛言，失戀在眼前。」

那天晚上，我跟子雲在第五個橋墩下各畫了一個笑臉，因爲留言對我們不具任何意義。

我不知道子雲留下笑臉的意思是什麼，但我知道自己留下笑臉的意思。

我希望哪天有機會，可以帶她來這裡看星星，然後指著這笑臉告訴她，我早就在這裡對她笑了。

不過，當我想完之後，我猛然發現，子雲的話並不是唬爛，因爲我已經沒有把畫笑臉這動作當做是單純的一個動作了。

「屎人，這裡好像看得到高屏大橋。」

「廢言！不然你以爲是奈何橋啊？牛頭馬面都進步到開車啦？」

「那我下次知道怎麼來了。」

「下次？我就說吧……」

子雲得意的笑著，他很輕易地看透我的想法，他知道我的笑臉，不只是一個笑臉而已。

我倒了兩杯黑松，只見黑松已經見底。

我跟子雲都哥啦哥啦的喝光它，然後很乖的帶走我們的空瓶及紙杯，因爲子雲是處女座的，渾然天成的環保小尖兵。

十月二十七日那天，當我坐在場邊脫鞋時，我看著白河的啦啦隊從她們的迷你裙裡面拿出面紙，替他們的球員擦汗時，我的心頭一酸，把視線移向旁邊。

比數並不懸殊，只是輸的有點不服。

「學長，辛苦你了。」

有人拍著我的肩膀，他是一年級的學弟，叫做亦賢。

「不會，明年看你們的了。」

「明年我們升上二年級，一定要拿個獎盃回來。」

「先別給自己壓力，盡力就是。」

「學長，你大學想念什麼學校？」

「中正或中央。」

「學長加油，希望大學也能是你學弟。」

「只是希望，還不知道能不能上。」

「學長一定可以的，有個那麼漂亮的女朋友在身邊，不加油都不行。」

「女朋友？」

「對啊！就在你比賽的時候，有個長頭髮，很漂亮的女孩子要我轉告你一聲加油，還要我把這東西交給你。」

亦賢遞給我一個7-11的塑膠袋，裡面有一瓶純喫茶、一瓶小號光泉鮮乳，以及一張紙條，紙條上面寫著：

五銖錢同學：

我看不懂排球，所以我不知道哪個分數是你們的。

你要的回饋太容易了，所以我免費送上甘甜奶茶一份。

加油，輸也不能輸得太難看。

PS.甘甜奶茶=純喫茶+五分之三光泉鮮乳+搖一搖。

但你得先喝掉兩大口純喫茶。

By 鄭同學

子雲買了可樂回來，也帶了瓶純喫茶跟光泉鮮乳，他向我揮揮手，我們走出圖書館，到樹蔭下喝飲料休息。

「甘甜奶茶要怎麼泡？」

「先喝掉兩大口純喫茶，再倒進五分之三的光泉，搖一搖，甘甜奶茶立刻來。」

「你什麼時候開始這樣喝純喫茶的？」

「輸給白河的那天。」

☆**一聲加油+純喫茶+光泉鮮乳+搖一搖=我所有的原動力**

12

學校考完了期中考，發現升學的壓力越來越大。補習班緊接著推出第二次模擬考，似乎不考死我們誓不甘休。

我在歷史的年代、帝王、文化、宗教、戰爭、民族、制度、世界大戰、國際情勢以及地理的地形、氣候、水文、交通與外國地理……等等的講義裡挖掘著呼吸的空間；子雲則很快的被化學式與物理定律給分解淹沒，天生的文學氣息也輕易的被向量與功率的箭頭給刺穿。

他苦不堪言，我也是。

曾經深深的質疑過，這樣的心靈歷練會帶給我們什麼樣的幫助？除了聯招會公佈出來的分數之外，誰能證明這些苦撐過來的日子是有意義的？

「在這時候會提出質疑的學生，會比任何一個只顧著念書的學生更痛苦，成績也會與質疑程度的高低成反比，與其質疑，不如把質疑的時間拿來念書。」

第二次模擬考成績仍然與政大心理錄取分數差之毫釐的子雲，有一次在圖書館念書，我拿了個指數對數的問題問他時，他說了這番話，語重心長、息嘆延綿，只差沒有涕泗縱橫。

「舉個實例，我一天念書十七個小時，吃飯、上廁所、騎車、睡覺、看新聞、看妹妹佔了另外七個小時，這對一個聯考生來說很正常，但後來我才知道這樣的分配方式錯了。」

「哪裡錯了？」

「我應該在看妹妹前就先質疑，我們這麼苦讀有什麼意義與好處。」

「你是說，你應該把『質疑』的動作擺在另外的七小時裡，而不該擺在十七個小時的念書時間裡？」

「對呀！因爲我發現，不管我念數學還是物理，我都會在計算過一個題目之後，就質疑一次苦讀的意義。」

「這很正常，通常我遇上數學時也一樣。」

「可是我質疑一次的時間是半小時，但算完一個題目只要五分鐘。」

「……你確實該把時間分配給更改一下……」

「我也這麼覺得。」

「剛剛那題數學解出來了嗎？」

「解好了。」

「解好了？那教教我吧。」

「不，等等。解題之後的時間是用來質疑的，但我剛說過，看妹妹在質疑的動作之後，所以剛剛的一番質疑過後，現在是看妹妹時間。」

大家都知道，後來子雲並沒有考上政大，他說是因爲改他作文的老師是個獨眼龍，因爲只有獨眼龍才可能改出那種分數，所以如果他的作文分數如預期，那他早在政大逍遙了。

但我認爲，都是看妹妹害的。

好了！不要再ㄌㄧㄤ他了，我們回到故事裡。

聯考還沒到，黑板上的數字每過一天，就會由值日生自動的減去一，當我被排到值日生的時候，我會想要把它加回去。

如果日子眞可以加回去，那麼，加多少比較好？

以十八歲的我們來說，加上七千，絕對會是個好數字，我們會回到剛滿月時，甚至也可能仍在媽媽的肚子裡游泳。

我知道我想太多了，所以我還是會乖乖的把黑板上的數字減一，然後心裡的壓力會加一，快樂會減一。

補習班也一樣，班導師上課前的第一件事，是拿著麥克風，在台上輕輕的試音，然後告訴我們，距離聯考，你們還有幾天的時間。似乎我們的快樂就跟那數字一樣多，它歸零之後，就得由另一個數字把它加回去，那個數字叫做聯考分數。

日子一天一天，過得總是一成不變，唯一變的，是我們念書的時間。

十一月不知道怎麼著就過去了，我開始厭倦天天與書爲伍的生活。

子雲在十一月時總會特別開心，因爲他喜歡十一這個數字。

他在球隊裡的背號是十一號，在班上的座號是十一號，他說，如果能夠讓他選擇，他要在十一月十一號生，那天，是他的夢想日，不過，他堅持要當十一月裡的處女座。

他班上有個女孩子，生日是十一月十一號，當他知道她的生日是他的夢想日時，他請那女孩子吃了一頓，那女孩還不清不楚，想不通爲什麼他要請她吃飯。

問他爲什麼這麼喜歡十一？他說不知道，但他對十一就是無法自拔的愛。

反觀我，我是個粗神經的人，對於日子、對於天氣、對於氣溫、對於任何風花雪月，我總是不以輕瞥，當我看著一些文選裡的題目是關於天氣、季節，洋洋灑灑數百千字，總是有些感嘆，我總疑問著爲什麼這些文人能與氣候與季節對話，甚至看得見季節的顏色。

我總是只對每天遇見的人、碰著的事，才會有深刻體驗，放在感覺裡咀嚼，雖說不上是絕對正確，但也總有一些心得。

整個十一月天，我幾乎沒有看見她。

我跟文人不同，因爲我無法與氣候、季節對話，無法辨識它們的顏色。

如果要我形容一九九五年的十一月，那麼，我會把我跟她短暫的對話，當做是我與十一月的對話，我會把她身上穿著的顏色，當做是十一月的顏色。

十一月裡，我幾乎沒有看見她，原因是因爲，補習班裡的高三班，分成A、B、C三個班，三個班的課堂有某些交集，偶爾A與B會一起同上一堂課，B與C會同上一堂課，而A與C的交集，是最少的。

本來我在A班，她在B班，但她卻臨時將班別轉到C班，原因我不太清楚，不過，當她把班別轉到C班的時候，超級高中生林建邦，就再也沒有來上課了。

有一天，十一月裡的某一天，我在安正樓下遇到她，那是我在十一月裡第一次遇見她。子雲說十一月是銀色的，但我卻覺得，十一月是青色的。

「這件衣服很好看。」我走向她停車的地方，那天的高雄，微雨。

「咦？是你啊！五銖錢同學。」

「好久不見了，鄭同學。」

「沒多久啊，才兩個多禮拜吧。」

「一日不見，如三月兮啊！」

「這是《詩經・鄭風》裡的〈子衿〉，你倒是背得挺熟的。」

「今天妳穿青色的衣服，正好符合〈子衿〉的第一句。」我指了指她的衣服，笑著說。

「你剛下課嗎？」

「是啊！在下課之後遇見妳，是很繽紛的。」

「怎麼說？」

「以現在來說，下課後馬上回家洗澡，然後念書，這是應該也必須要做的事，但如果下課後可以邀請到美女到咖啡店一敘，當然很繽紛。」

「呵呵，五銖錢同學，你越來越會說話了。」

「不，其實我是在唬爛的，因爲我想不到方法約妳。」

「我很樂意，但是明天我有重要的考試，所以，改天吧！」

「好，改天，我會把咖啡打包好等妳，畢竟現在要遇到妳很難，上咖啡店又麻煩。」

她笑了笑，沒說話，戴上繡著亮紅色 Feeling 的寶藍色口罩，對我揮揮手。

「對了，我一直沒有機會向妳說謝謝。」

「什麼謝謝？」她拉下口罩，疑惑著。

「我比賽那天，妳特地送東西到我學校去，我都還沒機會向妳說謝謝。」

「那沒什麼，那天你們輸還是贏？」

「很不好意思，我們輸了。」

「沒關係，盡力就好，不是嗎？」

「妳怎麼知道我學校？」

「這世界上有一種東西，叫做『問』。」

「妳問誰？」

「這世界上有一種東西，叫做『秘密』。」

「喔，那……妳那天不是要上課嗎？怎麼可以到我學校？」

「這世界上有一種東西，叫做『病假』。」

「那天妳生病了？」

「這世界上有一種生物，叫做『女生』，女生有一種病假，是男生永遠都不可能請得到的，你還要繼續問下去嗎？」

她笑了一笑，大眼睛瞇瞇的，然後戴上口罩，豪美依然消失在一陣白霧間，我聽到她的一聲「Bye-bye」，心裡湧上一陣失落。

我不知道我在失落什麼，或許是我跟她的下一杯咖啡，不知道什麼時候才能喝得到。

子雲在馬路對面叫我，我牽過車，慢慢的騎到他旁邊。

「剛剛那是她嗎？」

「是啊。」

「你怎麼不約她去喝咖啡？」

「約了。」

「她不去？」

「是啊……」

「爲什麼？」

「這世界上有一種東西，叫『改天』。」

☆這世界上有一種東西，叫「愛情」，你不惹它，它也會來惹你

13

青青子衿，悠悠我心，縱我不往，子寧不嗣音？
青青子佩，悠悠我思，縱我不往，子寧不來？
挑兮達兮，在城闕兮，一日不見，如三月兮。
《詩經・鄭風》

是的，一日不見，如三月兮。

高雄開始冷了起來，一九九五年的最後一個月。

距離我上一次見到她，已經是近四個禮拜前的事了，我跟她約好「改天」的那杯咖啡，大概還在種咖啡豆的階段吧。

「妳知道上次見到妳是多久前嗎？」我拉著她的手說，在一家我熟悉的咖啡廳裡，我坐在她面前，桌上有一盞燭火，那燭光輕輕的搖曳著，耳邊撩繞著優雅的鋼琴演奏曲，眼前的咖啡漫出一陣白色的香氣。

「多久前？」

「八十四個月前，也就是六年前，如果用詩經的說法去算的話。」

「那麼久了嗎？」

「是的，對妳的思念累積了六年，今天終於有機會告訴妳。」

「你想告訴我什麼？」

「我……我……我很喜歡妳……」

「眞的嗎？祥溥……」

「是眞的。」

然後，她抱住我，我摟著她，我們緊緊相擁。

然後，我被球打到，整個人往後翻，跌進放排球的大竹籃裡。

「抱歉，我不是故意的，學長你沒事吧……」亦賢跑過來，把我從大竹籃裡挖出來。

「沒事，沒事。」

「學長，你還好吧？」

「沒關係，我很好，你繼續打球吧。」

「學長，你失神失神的，不太對勁。」

「不，我很好，沒事。」

「喔……那……我去打球了……」

「去吧。」

我揉一揉屁股以及後腦勺，把倒掉的椅子扶起來。

我看了看周圍，燭光不見了，變成了體育館內的日光燈，也沒有鋼琴演奏曲，只有排球落地的轟隆，那杯飄著白色香氣的咖啡也消失了，取而代之的是那顆往我臉上砸來的白色排球，當然，更別提我跟她的緊緊相擁了。

我在做白日夢，而且夢境很深。

其實這樣的白日夢時常出現，有時在課堂裡上演，有時則在自己的房間，有時在路邊的麵店，只是這一次在球場邊，我忘記了球會亂飛的危險。

聽別人說，白日夢是一種嚮往的反射，不管它是不是會發生，在做夢的過程中，它總是亮麗完美的。

子雲也認同這個說法，他還刻意強調，白日夢因爲夢的主題而分種類。

如果主題是事情，表示那些事尚未發生，但你會希望發生後就長那個樣子。

如果主題是人物，表示那個人遙不可及，像遠在天邊的星星，你可以看星星，可以愛星星，但卻不能摸星星。

白日夢反映出一些情緒動作，而這些動作就像是自己與自己的對話，是不可能說謊的。情緒動作是無形的，只可能由表情來呈現。

既然是情緒動作是無形的，那麼，可以看、可以愛，卻不能摸，這樣的動作叫什麼？

子雲說，那叫「思念」。

他答對了，而且非常非常正確。

我很想念她，四個禮拜不見的時間裡，我一直很想念她。

我在被鬧鐘叫醒時的第一個念頭不是關掉它，而是想念她；我在早餐店叫東西時不是想我要吃什麼，而是想她會吃什麼；我在騎車上學時不是看紅綠燈號誌行走，而會不小心騎往她學校的方向；我在打球時不是注意球飛過來了沒，反而會不時轉頭看她是不是又送來甘甜奶茶；我在補習班上課時在筆記本上寫的不是考試重點，而是她的姓氏。

這樣的思念好多、好重，我每天背著這麼重的東西來回學校、補習班、家裡，覺得我的摩托車耗油量越來越多。

我其實可以很任性，管它補習班今天補什麼，我大可以翹課，到她上課的地方去找她，班導師打電話向我爸媽告我沒有去上課的狀也沒關係，甚至要我轉到C班去我都沒問題。

但我承認，我可以任性的做做任性的白日夢，但我沒有任性的種，所以我只能任由思念蹂躪我、摧殘我、焚燒我、毆打我，不管我是否因爲這樣的思念成傷。

可是，我覺得奇怪，雖然這樣的思念很累、很重、很痛，卻也很快樂。

我聽見時間的腳步聲，走在一九九五年最後一個月裡的耶誕節之前。

每年耶誕節與年節，我有寄卡片賀節的習慣，只是這個習慣，只適用在兩個人身上。

一個是昭儀，一個是香鈴。昭儀姓顏，香鈴姓王。

昭儀比我大一個多月，她跟子雲都是處女座的天才，我會認識她是因爲子雲。

而香鈴則小我四個多月，是浪漫的雙魚女子，我不否認對她有相當的好感，只可惜她人在遙遠的加拿大。

離耶誕節只剩一天的時間，補習班還是沒有放過我們，推出了第三次模擬考大餐，它是免費而且強迫中獎的，你必須吃下這一頓，但在你吃它之前，你得熬夜好幾天。

同樣的，我跟子雲又加入了每小時八十八元的閱卷工作，補習班又再一次花錢請我們來跟其他的閱卷妹妹聊天。

只是這一次，我並沒有跟子雲併肩作戰，在閱卷工作結束後，我騎著車到書局去，買了三張耶誕卡。

一張給昭儀，一張給香鈴，剩下的那一張，我想，應該是給她的。

耶誕夜當晚，我詢問補習班的結果，C班今天有課，在補習班本部四樓。

「天啊……你怎麼知道我在這裡上課？」她的表情很驚訝，瞪大了眼睛。

「這世上有一種東西，叫做『問』。」

「你在耍白癡喔，五銖錢同學。」

「沒辦法，一個月前另一個白癡教我的。」

「呵呵，那是女生的專利。你來找我做什麼？」

「我不知道妳家地址，只好自己當郵差。」我拿出那張要給她的耶誕卡。
「你可以來問我啊。」
「如果不是我鼓起勇氣去問妳今天的上課地點，我看我們永遠都不會再見。」
「爲什麼要鼓起勇氣？」
「沒，沒事，這是要給妳的耶誕卡，祝妳耶誕快樂。」
「不行，這樣沒有收到耶誕卡的感覺，你得寄到我家去。」
「我沒有妳的地址。」
「你等我一下。」
她跑進教室，沒多久拿了張紙出來，上面寫著一個地址。
後來，在元旦隔天，我在我家信箱裡收到她的耶誕卡。

五銖錢同學：

如果我說，你是我今年唯一寄耶誕卡的人，你信不信？

我常幻想著自己能跟其他人一樣，有很多朋友，可以讓我在每個值得紀念的節日裡寄張卡片問候一番，只是奇怪，每當我想要寄卡片時，我總是想不起我該寄給誰。

所以，有你在真好，我終於找到了一個可以寄卡片的對象。

耶誕快樂。

鄭同學一九九五年十二月二十九日 PM 三點十一分

我在我家的社區中庭裡，裹著大衣，顫抖地讀著她的卡片，淺笑了一聲。

這樣還不錯吧，我這麼覺得，我現在是她可以寄卡片的對象，下次就有機會成為說話聊天的對象，再下一次就會成為談心訴苦的對象，再下一次就會……

我又在做白日夢了，還好，這是我家社區中庭，不是排球場旁邊。

☆ **妳不會知道的，不管我身為妳的什麼對象，對我來說，都很重要**

14

距離聯考不到一百天的日子裡，水深火熱是唯一能貼切形容的成語。

補習班開始找一些以前考上台大、清大、交大、成大、政大……的學長姐回來補習班教授一些考試及考前準備的經驗，他們每個人都有自成一套的讀書方法，在台上說的天花亂墜，還不時秀出他們的學生證讓我們羨慕。

「這是正大光明又理直氣壯的落井下石。」我這麼跟子雲說，右手轉動著我的原子筆。

「你發現了嗎？」

「發現什麼？」

「他們的長像有一個共通點。」

「哪個共通點？」我不得其門而入的問著。

「呆。」

「呆？」

「是啊！看那個正在說話的台大法律系學長，他的眼鏡跟他半邊臉一樣大。」

「喔……天啊……」

「再看左邊數來第二個念清大中文系的學姐，她的髮型像極了湖邊賣黑輪的老闆娘。」

「啊……不會吧……」

「再看看那個一天到晚叫我們到冷氣機前罰站，從成大外文系畢業的班導師，簡直跟他們是一掛的。」

「My god……」

「但他們手上的學生證我們沒有。」

「是啊，現實眞殘酷。」

「你想到該怎樣推翻這殘酷的現實了嗎？」

「你想到了？」

「嗯，我想到了，今天下課之後，我們去剪小瓜呆頭。」

我跟子雲又笑成一團，班導師又聽見了。

我們沒有去剪小瓜呆頭，倒是又到冷氣機前站了好一陣子。

那是我跟子雲最後一次一起被罰站，在一九九六年的四月，高雄洋溢著春天的氣息時。

子雲告訴我，最後這不到三個月的時間裡，他不想再到那窄窄的補習班裡，在人頭與人頭之間那窄窄的細縫裡，拿著筆在那窄窄的桌上空間，抄著那必須搖頭晃腦才能得到的窄窄筆記。

我問他，不補習的話他要幹嘛，他回答我一個字，「玩」。

但天曉得他是眞有膽子去玩，還是躲在家裡死拚猛念的？

距離聯考最後不到三個月的時間，子雲不到補習班了，赫然驚覺這條升學窄路，我竟然是一個人，而且走得很孤單。

後來有件奇怪的事情發生了，我自己都覺得相當莫名其妙。

「讓你選，史奴比跟加菲貓你喜歡哪個？」

那是一個星期天早晨，我正埋頭在圖書館裡算數學，然後有張產品DM，由我的正前方推到我面前。

那是一張大型娃娃的DM，史奴比跟加菲貓充斥著整個畫面。

是她，幾個月不見的她，戴著一付眼鏡，微笑的看著我。

「我喜歡史奴比。」

「爲什麼？」她的語氣有點不甘。

「因爲加菲貓只會吃、只會睡。」

「史奴比也很會吃、很會睡啊。」

「但是牠比較酷啊！妳看過狗兒不睡狗屋反而睡屋頂的嗎？」

她笑了笑，收回了DM。

「妳怎麼知道我在這裡？」

「我不知道你在這，只是碰巧遇到你。」

「爲什麼要問我喜不喜歡史奴比或加菲貓？」

「沒什麼，只是無聊。」

「妳喜歡加菲貓？」

「對啊，你不覺得牠很聰明，又肥得很可愛嗎？」

「還是史奴比好。」

「算了，跟你們男生討論這個有點笨。」

後來，她打開課本，拿出筆尺，就沒有再說話。

因爲晚上補習班有課，所以下午我要離開圖書館時，我寫了張紙條向她說再見，她抬頭看了看我，然後揮揮手。

我心有不甘，走到7-11買了兩瓶咖啡，再走回圖書館，把她叫到圖書館外的樹陰下。

「妳可能已經忘記了，我們還有一杯咖啡的約定。」

「我沒有忘記。」

「妳在C班還好嗎？」

「還好，只是我的歷史還是一場糊塗。」

「我可以幫忙的地方，妳盡管開口。」

「你是個好人，唯一的缺憾是你喜歡史奴比。」

「喜歡史奴比是缺憾？」

「如果你也喜歡加菲貓，那就太好了。」

「我還是喜歡史奴比。」

「我不會強迫你喜歡加菲貓的。」

「謝謝妳的善良。」

我背起背包，把咖啡罐丟進垃圾桶，然後向她說再見。

「待會兒見。」

「待會兒見？」我一頭霧水的看著她，她卻笑了一笑。

然後，當天晚上，我在補習班裡看見她，她一樣坐在我前面。

「好久不見，五銖錢同學。」

「爲什麼……」

「沒爲什麼，我待過B班跟C班，我想待待沒待過的A班。」

「喔……」

「你的好兄弟呢？」

「妳說子雲？」

「是啊。」

「他說他不想再到這窄窄的補習班裡，在人頭與人頭之間那窄窄的細縫裡，拿著筆在這窄窄的桌上空間，抄著這必須搖頭晃腦才能得到的窄窄筆記。」

「所以他不來了？」

「是啊，他不來了。」

我跟她沒有再說話，包青天在講台上繼續他的口沫橫飛，我的心情，因爲她的突然出現而像碎花瓣一樣的四處紛飛。

這不見她的幾個月裡，我對她的思念，到了一種麻木的邊緣。

我知道自己是想她的，也知道自己是喜歡她的，這些想念和喜歡到了某一種程度後，就像汽油桶加滿了油一樣，不能再多，會一直一直處在那樣的滿溢。

我會忘記我的思念有多少、我的喜歡有多滿，但我不會忘記那是思念、那是喜歡。

所以，即使她不出現，我還是會知道自己想念她、自己喜歡她，儘管時間在過，儘管緣份在磋跎。

但她仍然像是一陣龍捲風，我原本平靜的思念、單純的喜歡，在她的突然出現之後，又被瞬間颳散。

你知道這混亂的情緒、思緒，我要花多少時間去整理嗎？

我脾氣很好，但我很想跟她翻臉，她憑什麼這樣輕鬆自在地控制我的情緒？

我第一次有「汪洋中的一條船」的感覺，似乎永遠都等不到靠岸的那天。

補習班下課後，她跑到我的機車旁邊，我正在開大鎖。

「五銖錢同學，謝謝你今天下午請我喝咖啡。」

「不客氣，小小咖啡，何足掛齒？」

「下禮拜我請你吃蛋糕。」

「爲什麼有蛋糕吃？」

「下禮拜學校要上這學期唯一的一次家政課，那天是我生日，我要做蛋糕給自己。」

「眞的？妳生日？」

「是啊，下禮拜你要來喔。」

「好，我會來的。」

她轉身跑開，向我揮了揮手。

我的雙手像是卡在輪胎邊一樣，心裡又是一陣無法形容的混亂。

「對了！五銖錢同學，我還有一個問題要問你。」她站在不遠處回頭說著。「你還是喜歡史奴比嗎？」

「是啊！」

「哼！爲了懲罰你喜歡史奴比，蛋糕只給你一半。」她俏皮的做了個鬼臉，轉身走開，消失在街頭的轉角。

我感覺自己的心有些東西慢慢的流失、流失，感覺到自己好累、好累。

我開始明白，那些慢慢流失的東西，是自己的感情，因爲已經超越了自己的極限，所以我好累……好累……

☆ **她憑什麼這樣輕鬆自在地控制我的情緒？那是因為，我給她這樣的權力**

15

「五銖錢同學，謝謝你，眞的謝謝你。」

「沒什麼啦，一年才一次的生日。」

「蛋糕好吃嗎？」

「嗯！好吃！我從來沒吃過這麼好吃的檸檬蛋糕。」

「……可……我做的是櫻桃蛋糕……」

「啊……」

在她家前面的路口，晚上十點三十分，她的生日，我第一次送她回家。

今晚的她，很美，比第一次見到她的時候更動人，她做的蛋糕很好吃，只是我怎麼都吃不出櫻桃的味道。

「你是怎麼去找這個禮物的？」

「這世界上有一種東西，叫做『秘密』。」

「呵……你又在耍白癡了。」

「這麼晚耍白癡不好，所以妳趕快回家吧。」

「嗯。謝謝你，再見。」

「Bye-bye。」

看著她離去的背影，我想起昨晚與子雲的對話。

「什麼時候？」電話那頭，一樣是子雲。

「她生日。」我說。

「明天。」

「買禮物啊。」

「錢我有，禮物我不會買。」

「那送錢好了。」

「哇銬！打電話問你就是要你給意見，你忍心見死不救？」

「你今天才知道？」

「不，幾天前知道的。」

「你不早點說，這麼晚到哪去買？」

「不很晚啊，還不到九點耶。」

「晚上耶！你乾脆到7-11去買，再叫櫃檯幫你包裝，你想想，生日禮物用7-11塑膠袋包裝，夠酷吧！」

「哇銬！那乾脆在價格標籤上寫生日快樂不更炫？拜託喔……老大，時間緊迫，別跟我開玩笑了。」

「誰跟你開玩笑啊！I am serious.」

「明天早上十點，你學校門口見。」

「明天？你是已經保送上台大了是不是？四月就在放暑假啦？」

子雲是拗不過我的，這是大家都知道的事實。

我也不太喜歡拗他，可是他就是一副「人不拗我心不甘」的樣子，讓人看了不拗他兩下都覺得不忍心，也對不起自己。

隔天早上十點，我在他學校門口等了近二十分鐘，他還是不見人影。

後來他從我後面出現，嘴裡咬著漢堡，右手拿了杯咖啡牛奶，把我拖到他學校旁邊的巷子口，指著圍牆對我說：「如果還有下一次的話，請你到圍牆邊等我。」

「你爬牆？」

「講爬牆多難聽。」

「那不然呢？」

「不過難聽歸難聽，還是講爬牆好了。」

其實，我們眞的不知道要買什麼，之前並不是沒有買過生日禮物送給女孩子，不過大都亂買，因爲我們把這種事當做是肉包子打狗，所以那些肉包子大概都不會很大。

我們幾乎什麼都找過了，貴的到香水、項鍊、耳環、戒指、皮包；便宜的到路邊免費索取的護膚卷、髮廊的剪髮燙髮半價優惠、和春戲院任意院線五十元貴賓卡；有用的到歷史地理歷屆考題總整理參考書、大學聯考英文詞彙總編、立可白橡皮擦墊板原子筆；沒用的到叮噹噹風鈴一只、帥帥劉德華超大布掛、死都不會在上面記事的軟木備忘板。

到了下午，我們幾乎放棄了，坐在新崛江商場的路邊，喝著麥香紅茶。

我跟子雲也都是那天才發現，原來要認眞的選個肉包子是這麼困難的一件事。

直到我看到我面前的櫥窗上貼著一張 DM，DM 上的史奴比跟加菲貓充斥著整個版面，我才赫然驚覺，這個肉包子竟然這麼大顆。

「兩千一……我看你的機車要改喝柴油了。」

「還好帶夠錢，不然大概只能買顆貓頭。」

我抱著……不！應該是說我跟子雲一起抱著那跟我們一樣大的加菲貓，從新崛江辛苦的走到大馬路上。

可想而知，機車是載不動牠的，更別說要有人上去騎，我們想叫計程車，可是錢不夠。再兩個小時補習班就要上課，即使能到補習班，也沒辦法把這隻該死的貓放到教室裡。

「等死吧，反正我不用上課，我陪你。」

「幹嘛那麼悲觀？大不了退回去不買了行吧！」

「好啊好啊！換史奴比。」

「我也想換啊！可是她喜歡加菲貓。」

「女人很奇怪，都喜歡這種懶得要死的東西，虧牠還是隻貓，牠應該叫加菲豬吧！」

「可是我又聽說，不喜歡史奴比的女孩子給牠取了另一個名字。」

「什麼名字？」

「牧鳥犬，原因是因為牠身邊那隻小黃鳥。」

「哇銬！簡直是污辱。」

「算了，別跟女人一般見識。」我走到路邊的攤販，買了兩杯泡沫紅茶，身上只剩十五元。

「我看，我還是用走的到補習班，還有兩個小時，一定走得到。」

「今天上誰的課？」子雲問。

「數學，方傑。」

「方傑，嗯……很久沒看見他了……」

「是啊，他還是一樣會叫學生到台上算數……」

話沒說完，我跟子雲都瞪大眼睛，長長的啊了一聲，抱著加菲貓，跑到電話亭打電話到補習班，確定方傑的下落。

當天晚上，在補習班的課堂上。

「在下課之前，我要利用一點時間來實現我去年答應過某個同學的諾言。」方傑拿著板擦，擦拭著黑板。「相信大家都還記得，去年，有位同學解出了我所出的題目，而我答應他，會爲他做一件可能的事。」他放下板擦，拍了拍手。「今天，他提出了一個要求，一個非常簡單的要求。」

大家開始交頭接耳，窸窸窣窣。

「首先，我們先祝坐在教室左後方的鄭同學生日快樂，請鄭同學到台前來。」

全班同學同時回頭，視線在尋索著她。

她紅著臉，站起身，慢慢走到台上。

「有個男孩子買了個禮物給她，但因爲禮物太大，搬進教室也沒地方擺，所以禮物暫時放在我車上，等等下課後，我會親自送到鄭同學家去。」

全班同學一陣驚呼，鼓掌叫好。

「鄭同學，妳應該知道這禮物是誰送妳的吧？」

「不知道……」

「不知道沒關係，我受人之託不能公佈他的身份，不過我可以告訴妳，他是這些男孩當中的一個。」

又是一陣驚呼，鼓掌叫好。

「妳有沒有話想說？」

「呃……我只能說……謝謝。」

「謝謝……」在她走進家門前，她在門口站住了腳，又回頭對我說。

「不謝。」

「我還是有個問題想問你。」

「請說。」

「你還是喜歡史奴比嗎？」

「是啊。」

「嗯，你很有主見。」

「這是好現象嗎？」

「不算壞。」

「嗯，再見，快進去吧。」

「Bye。」

其實，我不算是個非常有主見的人，因為我認為「主見」這樣模糊不清的個性，得看你遇到怎樣的人而定。

在子雲面前，我跟子雲的主見大致相同，鮮少有異；在同學面前，我的主見通常會是大家都容易採納的意見；但是在她面前，我不會有什麼多大的主見。

因爲在那隻加菲貓的項圈中間，我夾了張生日卡，上面寫了：

鄭同學：

我其實也可以試著喜歡加菲貓。

生日快樂。

By 五銖錢 一九九六年四月十三日

☆ **愛情是液體，因為把它灑了出去，只會蒸發，不能收回**

16

因爲她也待在A班，就坐在我前面，所以我們之間的距離，一直等於一個位置的寬度。

大概一個禮拜會有一到兩次跟她一起吃晚飯，一個月會有一到兩次跟她一起到圖書館念書，偶爾騎著機車跟在她後面陪她回家。

我以為距離或許會因為這些行為舉動的靠近而靠近一些，至少我是這麼想的。

只是我不時遇見同班補習的同學跑來問我她的名字、學校、星座、血型、興趣……最後，問題都會停在「有沒有男朋友？」這個直接的問題上。

或許那些同學以為我跟她很熟，接近我就等於靠近她，所以我時常有些免費的飲料零食，甚至宵夜。

這對我來說，是痛苦的。

我壓根兒不想跟他們有任何交集，我只求我能每天安靜的來補習，安靜的坐在她後面，安靜的看著她，安靜的陪她念書、吃飯、陪她回家。

在補習班最後的兩個多月，我的情緒始終處在臨界點。

我會因為她問我要不要跟她一起吃飯而情緒激奮，我也會因為那些同學問我一些有關她的問題而心情低落。

這樣的反覆，在我為著聯考而做最後衝刺的時期裡，是一種折磨，像是一個嗜睡的人，每一小時叫他起床一次那樣的折磨。

直到聯考結束，大家忙著焚書滅籍、等待成績單發佈自己獎落誰家的時候，我就很難找得著她，應該說根本找不著她。

我心想，隨著補習班課程的結束，我跟她的緣份也就這樣結束了吧。

子雲拿到成績單時跑到我家對我搖著頭說：「有什麼方法可以現在就把我給掛了，而我一點都不會感覺到痛的？」

他的面色凝重、烏雲罩日，他爲他的成績難過，雖然他表面上一副玩笑樣。

「有，吃屎。」我胡謅一番的回答他。

填志願的時候，他本著「母命不可違」的信念，第一到第四志願分別是台大心理、中正心理、政大心理、東吳心理。

後來他上了東吳，眼斜嘴歪了一個多禮拜，打擊之大，連我看了都黯然。

而我在接到成績單的同一天，也接到了她寄來的一封信。

我後悔先看了信，才拆開成績單，因爲那感覺像是一陣晴天霹靂之後，又下起一陣傾盆大雨。

距離，不再只是一個位置的寬度。

祥溥同學：

我第一次叫你的名字，好怪的，卻又不自覺想試試看。

你考得好嗎？雖然還沒有接到成績單，但我已經有心理準備，我是沾不上國立大學的邊了。

考完試到現在，也已經一個多月了，我應著父母親在聯考前跟我的協議，來到了台北，開始我踏入社會的第一步。

這裡的夏天跟高雄沒有多大的不同，氣溫一樣高，太陽一樣大，唯一不能習慣的，是每天都會下的午後雷陣雨。

我曾經在我們第一次去喝咖啡時告訴過你，我討厭下雨天，而那天你把你的雨衣給了我，告訴我你會再拿回去，但你的雨衣還放在我的機車裡，已經三個多月了。

一個人在台北工作，我的害怕比興奮多的多。

從前總是希望自己能考上外地的學校，離開高雄，好好過一過一個人的獨立生活，但現在我才發現這麼想是錯的，我好想念高雄的一切，卻不能回去。

我的工作是父親托朋友請議員替我安排的，人情壓力之大，讓我無時無刻不兢兢業業。我每天奔波在銀行、法院、郵局之間，也奔波在部門與部門之間，送文件、幫忙打字、算基礎帳、買午餐、替上司記錄會議章程，上一次替我公司經理送一份急件到花蓮去，差點在那兒迷路回不來。

祥溥同學，你能了解我的害怕的，對不對？

你總是可以在我惶茫的時候給我一個方向，伸出手來給我援助，補習班最後兩個月的日子裡，你對我的照顧，我都還沒有機會跟你說聲謝謝，我就已經跑到台灣的最北邊，你一定不會介意的，對吧？

這封信寄到你手裡的時候，你應該已經收到成績單了吧！我現在很羨慕可以繼續念書深造的人，因為我已經深深的了解，沒有任何職業，比當學生更快樂的了。

我祝你大學生活順利，學業也順利，因為我一直一直希望，好人的一切都會一直一直的順利下去。

Feeling於一九九六年八月九日

看過信的感覺，是空的，我沒有辦法要自己感覺什麼，即使是逼自己去感覺也不行，只因爲我極力的不讓眼淚掉下來。

我不知道這有什麼好哭的。

她找到一份好工作，在奔波忙碌間學習著在社會打滾與成長，或許原因是迫於家庭經濟狀況的無奈，或許是因爲她父母認爲女孩子不需要有太高的學歷，但不管原因是什麼，她都是一步步穩健的前進，就像她在補習班的成績一樣，雖然沒有明顯進步，也從來沒有退步。

她比我還要早長大，比我還要堅強，我應該高興，不是嗎？

但是，心裡頭的一陣酸楚，與淚腺起了化學反應，害我鼻子一酸，眼前隨即一片汪洋。

後來，我寫了一封信，長長滿滿的三大張，卻沒有把它寄出去。

子雲問我爲什麼不寄，我回答他：「因爲她沒有寫地址給我。」

雖然她眞的沒有寫地址給我，但我自己知道，即使她的信完完整整的附上了地址，我還是不會把信寄出去。

有時我在深夜裡咀嚼自己的信，念著念著，會有心悸的感覺，總會去揣測她接到這封信時，會有什麼感覺，看完之後，會有什麼心情。

每當我想起她一次，我就摺一隻紙鶴，最高紀錄是一晚上摺了四十六隻，最少的也有十七隻；子雲說我無聊，但我卻從他眼裡看出他的感動。

我沒有選塡志願，因爲我也沒有考上中正或中央，基於對自己的要求，我放棄了大學生活，投入海軍。

很多朋友都是一陣驚呼，在他們聽到我即將入伍加入海軍行列之後；我對他們的反應都是一笑置之，雖然心裡面酸的比甜的要多很多。

入伍前的生活，是糜爛的，每天無所事事，不是打球，就是看電影、唱歌、逛街，總覺得現在不玩個過癮，將來在海上可是連7-11都沒有。

越接近入伍日，我越來越茫然無措，我擔心著將來的日子不知會是個什麼樣的生活？我害怕著日以繼夜的操練不知會是個什麼樣的情況？聽前輩親戚們的過來之言，總希望那是他們的危言聳聽，卻又擔心那一切都是事實。

那一陣子的我很脆弱，別人輕輕鬆鬆的一句話就可以改變我的想法，遷移我的思考方向，左右我的決定。

有一天晚上，接近九點，我跑到子雲家把他挖出來，要他陪我到書局一趟。

「有必要急成這樣？什麼事這麼要緊？」他邊牽著摩托車，一邊狐疑的問著。

「快入伍了，我還沒買那件重要的東西。」

「什麼東西？」

「紙。」

「紙？你買紙幹嘛還要我陪你？」

「因爲只有你知道該買什麼樣的紙。」

「鬼才知道你要買什麼紙好不好？」

「我要摺紙鶴用的紙。」

後來，學校即將開學，子雲也將離開高雄，目的地是台中，他沒有就讀東吳的理由，是因爲學費太貴。

「打電話給我，我會寫信給你，裡面不是人待的地方，好好照顧自己。」子雲離開高雄時，拍著我的臂膀說。

「別只會說我，你也一樣，一個人在台中，一切都要小心。」

「我一定過得比你好。」

「好不好是其次，重點是你別忘了呼吸。」

「又不是什麼生離死別，說得這麼沉重幹嘛？」

「是你先挑起這種情緒的。」

「那你也太入戲了吧！」

我在子雲胸前重重的搥了一下，也搥下了我跟他的友情堅實的印記。

月台上，他大包小包，又拎又背的。我不會可憐他，所以我的手上，只有一張月台票。他習慣地說了聲再見，我只是揮手；列車開動，我看著他，他示意著自己很衰，買到站票；我隔著車窗玻璃笑他，他那大包小包還是沒辦法離手。

列車駛離了月台，鏗鏘的行駛聲迴盪，在我的心裡盪起了回音，自強號的背影會讓人難過，對即將入伍的我來說，是一種滾水澆心的痛。

子雲，再見。

Feeling，再見。

☆ **紙鶴不會飛，但我對妳的思念，會飛，它會飛到妳身邊**

17

入伍之後，我在左營接受士官養成訓練。

跑步、扶地挺身、仰臥起坐、交互蹲跳、引體向上等操體能的項目，每天都會玩個一兩次，即使是晚上就寢前，隊長還是不會放過你，所以每天都是濕著衣服上床睡覺的。

我想，每個人都會知道，剛入伍的人最在意的兩件事，一是放假，二是電話。

還沒有當兵前聽別人說他當兵時的痛苦，只會聽過就算。直到自己眞的身在這樣的環境裡，才深深的體會到，當時那些你每天都會見面、每天都會聽到聲音、根本不覺得一天沒見到他們會怎樣的人，都會在電話被人接起的那一剎那間，從自己的心裡面源源不絕地流露出深切的思念。

或許你沒有仔細的數過，當你有多希望某個人能接起你正撥出的這個電話號碼所響聲的次數，是一次比一次的沉重，你擔心著這個號碼如果沒有人接通，你心中這一份沉重將會陪著你睡著，而留下難言的心痛。

隊上一百多個人，共用四支電話，每天晚上飯後的時間，是所有人等著用電話線訴說思念的時間。

這時，你將會看見人性在焦急狀況下的醜惡，也會看見人的臉皮可以無限度的厚下去。

我當然可以了解，當你跟女朋友說沒幾句話就被後面排隊的人催促的痛苦，你會希望後面排隊的人馬上消失，而且永遠消失，你願意傾盡家產花在這座公共電話上，只爲了好好跟自己的女朋友多講上幾句話。

但我也可以了解，當你利用排隊等電話的時間在心中打著草稿或順序，希望自己能在對方把電話接起的那一剎那間開始告訴他所有該告訴他的、想告訴他的事情，一字一句不漏的交代清楚，害怕著下一次說話又不知是何年何月的情緒時，正霸著電話的那個人，到底要講多久才會高興的氣憤。

或許沒人想像過，一點點的快樂、一句稀鬆的問候，可以在這群人身上熨開，許久許久。

「我女朋友剛跟我說『我很想你耶……』。」

「我媽說下次放假要燉雞湯啦！」

「我家沒有人在，就我那該死的弟弟接電話，我卻發現，他的聲音很好聽……」

發現一件事嗎？

他們一開口就是我的誰怎樣、我家誰說了什麼、我的誰要幹嘛，但他們都忘記了自己的存在，因爲他們所圖的，是平時人們壓根兒想不到的，最基本的快樂。

每天晚上的第二個重頭戲，就是發信。

你會發現每個人都摩拳擦掌、咬著唇、搖晃著腿、東張西望，帶著羨慕的眼神看著出去領信的人的笑顏，每個人都期待著小隊長下一個叫的名字是他的，每個人都祈禱著今晚的枕頭下可以多一封親友寄來的親情。

一封信可以讓他們三天不吃飯，你信是不信？

子雲說，人性的脆弱總是在被限制了什麼、被禁止了什麼之後，才會主動的把要求的程度降低，來等待得到最後的一點點快樂。因爲連最後的一點點快樂都必須要等待了，所以人性只剩下基本的尊嚴，以及一個累壞了的軀殼。

記得有一天晚上，我用棉被蒙著身體，嘴裡咬著手電筒，在大汗沉沉中摺著紙鶴，卻不幸被小隊長發現。

他命令我換上整齊服裝，提著裝滿七分水的水桶，到走廊上罰站。

我當時的心情，其實是快樂的，因爲我覺得，沒有一種處分比爲了她受處分更有意義，她在我心裡面所留下的痕跡，在與她相識了一年多裡，已經刻得深鉅，如果我是地球，那麼她已經深植到地心。

「爲什麼不睡覺？搞這些有的沒的？」小隊長拿著我摺的那盒紙鶴，走到我旁邊。

「報告小隊長，沒有理由。」我大汗淋漓，雙手顫抖。

「爲什麼摺紙鶴？說個原因來聽聽。」

「報告小隊長，沒有原因。」

「我現在不是以小隊長的身份在跟你說話，你把水桶放下。」

「謝謝小隊長。」

「我說了，我現在不是小隊長，叫我君霆。」

「喔……」

「爲什麼摺紙鶴？」

「這原因……不好說……」

「爲了女人？」

「呃……是……是的……」

「現在像你這樣的男生已經不多了。」小隊長拿出香煙，點燃，猛吸了一口。「從前，我也曾經爲了一個女人摺紙鶴，只是她把我的紙鶴送給別人。」

「……」

「我恨她，但我發覺越恨她，其實是越在乎，越愛她。」

「……」我不知道該說什麼，只是看著他一口一口煙慢慢吐。

「有一天你會發現，感情在無意識的狀況下付出的部份，是往後最沉重的回憶。」

「嗯……」

「你摺紙鶴的意義是什麼？」

「想她一次，摺鶴一隻。」

「好，我現在以小隊長身份命令你，換上內衣，上床，摺五十隻紙鶴來給我看，否則不准睡覺。」

我錯愕，他大笑，拍了拍我的肩膀，替我拿起水桶，指著床的方向。

我迅速的換裝，上床，蓋上棉被，咬著手電筒，摺紙鶴，五十隻。

後來，我接到子雲的來信，在我離第一次放假還有三天的時候。

蝨子：

認識了這麼多年，第一次寫信給你，感覺還真他媽的奇怪。

我在台中一切OK，除了這裡的路很難認、我學校位置偏僻、校門口比巷口的7-11還要小、要自己洗衣服、室友開始變得機車、學校浴室不太乾淨、教授個性難以捉摸、報告不知道從哪開始寫起……之外（僅例舉數項），其他真的一切OK，我想這鬼話大概只有你會相信。

我很想回高雄去了，我發現除了高雄之外，其他都不是人待的地方。

前幾天系上迎新，看見一個漂亮學姐，經過一天的相處之後，發現她真是個標緻、氣質、文采、美貌兼具的女孩子，哪知晚上吃飯時，她的男朋友突然出現，害我差點噴飯。

你看過鴨嘴獸嗎？她男朋友就長那樣。

我班上有四十八個人，只有九個男生，我想你現在一定在罵我三字經，說我身在福中不知福。

沒錯啦！這跟你比起來當然是幸福的多，但你要是跟她們相處，你想自殺的念頭大概會勝過逃兵。

現在已經是半夜近兩點了，通常這時候我是該睡覺了，但我室友們還在玩電動，隔壁民歌社的同學還在彈吉他，樓上學長們的生日餐會好像還沒結束，所以無聊寫信給你，你看，我夠意思了吧！

但不管怎樣呀，人遠心不遠呀，對吧！

PS.學妹跟我分手了，因為她說人遠心亦遠。哈哈！

屎人一九九六年十月十六日

我以爲，我將來的生活，將會慢慢的走向規律的軍事型，每天做一樣事，在一樣的時間裡；每天見一樣的人，在一樣的過程裡；每天走一樣的路，在一樣的地方裡。

直到我結訓，被分發部隊，下到我生平第一個單位，「陽字號邵陽軍艦」之後，我的生命，開始有了重大轉折。

這轉折之大，是我連想都沒想到的。

生活在海上的時間比在陸地上多，我從痛苦到忍受，從忍受到習慣，從習慣到自然，不說別的，光是海上的顚簸，就夠你一晚上起來吐個七八次，吐到已經沒東西吐了，還是必須吃下東西去吐，否則會虛脫。

但我連想都沒想到的轉折，還有另一點更讓我出乎生命之料。

因爲，我遇到了昭儀，在一次晴朗的放假天。

☆ **感情在無意識的狀況下付出的部份，是往後最沉重的回憶**

18

晴朗的放假天給我的定義，不只是天氣晴朗而已，還得包括心情。

海軍放假可以說比陸、空軍爽個幾倍，因爲我們終於回到陸地上。剛下梯口，踏到海星碼頭的土地上，感覺還在搖晃，地面載浮載沉的。

走了近一個小時才出了海軍軍區，門口有一大堆計程車，司機蜂擁而上，跳表包車隨便說就隨便載，四五個人上了車就走，管他目的地是不是一樣，只要可以馬上離開那該死的地方，把人載到哪兒去都無所謂。

「司機，麻煩你，鳳山。」我隨便上了一台計程車，塞了五佰元給司機。「安全第一，但麻煩你用最快的速度。」

「阿兵哥，你很久沒放假了喔？」

「上船後到現在已經兩個多月了。」

「難怪啦！海軍仔一踩到陸地像野馬脫了韁繩一樣，說起來也是很可憐啦！」其實，司機是用台語跟我交談的。「我也是艦艇兵退伍的，我的印象很深刻，我第一次從船上下梯口，一踩到台灣的陸地，跟我同船同梯的一堆人，馬上趴到地上打滾、猛親、大叫，那個感覺現在還記得耶！」

「我可以體會。」

「所以喔，你們的心情我也可以體會啦！鳳山是吧？沒問題！絕對安全給你送到家。」

我看著車窗外的高雄市街景，一幕幕以很快的速度往後跑，但卻一幕幕的往我心裡頭印下去，我沒有別的感覺，我只是一直對著自己說：「高雄，我回來了。」

「司機，我可以把車窗打開嗎？」

「你盡量開，沒關係，陸地上的空氣一定值得懷念。」

我按下電動窗開關，窗外的風迅速的撲向我的臉，高雄市十二月的空氣，冷的，但卻裹著熟悉的熱情，我對著迎面吹來的風猛吸，管他是不是空氣污染，管他是不是煙囂塵上，我只想把自己丟進高雄裡面，連毛細孔都能與空氣零距離。

回到家的第一件事，就是把自己身上那股軍人味給洗掉。

我從來不曾感覺到，在自己家裡的浴室，拿著那把米白色蓮蓬頭，轉開那圓透明紫色的水龍頭，從蓮蓬頭裡噴灑出來的水，沖到自己身上時，竟然是那麼如仙似飄的一件事情。

你一定不曾感覺過，洗澡洗到身體像在飄一樣，總覺得再多沖一下，我的身體就會往天的方向多靠近一點。

放假時，我對時間的安排，是絕對的緊密，放假三天，會把三天當三十天用；放假五天，就會把五天當五十天用；同理，這次我休六天，我就把六天當六十天用。

這並不是不可能的事情，只要你不在一個時間裡只做一件事情。

我在穿褲子的時候拿起電話，撥出子雲的號碼；我在扣上衣鈕扣的時候，子雲把電話接起來；我跟子雲約好五個小時後台中火車站見的時候，我已經把外套穿上；我在找尋錢包、鑰匙的時候，也順便把要留給爸媽的紙條寫好了。

我一邊準備到台中要換洗的衣服，一邊拿著吹風機吹頭髮；我計劃著這一次的台中之行要到哪裡玩的時候，我已經替相機換好底片。

子雲說，三天後的耶誕節，台中會有很多慶祝活動，當然，慶祝活動本身是不好玩的，我們的目的，是辣妹。

我關上門、插入鑰匙、按下電梯、鎖上門、把衣服拉撐、把頭髮順一順，窗外的天氣很晴朗，我的心情也是。

家裡電話突然響起，我急忙拿出鑰匙，打開門衝進去，正準備要接時，就已經掛斷了。

我又關上門、插入鑰匙、按下電梯、鎖上門、把衣服拉撐、把頭髮順一順，窗外的天氣一樣晴朗，我的心情也是。

家裡電話又響，我又急忙拿出鑰匙，打開門衝進去，接起電話，但我還是慢了那麼○．○幾秒，電話那頭只有嘟嘟嘟的斷線聲。

我再一次關上門、插入鑰匙、按下電梯、鎖上門、把衣服拉撐、把頭髮順一順，窗外的天氣依然晴朗，我的心情有點怪，因爲電話。

我拿出鑰匙，把門打開，遠遠的看了看電話，它似乎沒有再響起的徵兆，我慢慢的關上門，轉動著鑰匙。

然後，電話又響了。

我迅速的把門打開，衝到電話旁，把電話接起來。

「喂，請問唐祥溥在嗎？」電話那頭，一個女孩子，輕柔的聲音，像是剛睡醒的漫然。

「我就是，哪位？」

「猜猜看，我是誰？」

「如果我知道，就不需要猜了。」

「你不想猜？」

「我是猜不著，不是不想猜。」

「你還是一樣直接，即使你的語氣很客氣，但你說話永遠都只留一點點空間給別人。」

「不會吧……妳是……」

「我是昭儀。」

我的思緒瞬間掉到多年前，我跟子雲第一次遇見昭儀的時候。

認識昭儀的時間，其實比認識Feeling要早。記得，那是在籃球場邊，我跟子雲還有阿群，正在跟另一個隊伍打三對三鬥牛，場邊有很多人觀看。

阿群也是我們的死黨之一，他的名字被子雲拿去寫《這是我的答案》，他大喊無辜，但對子雲卻是滿心的支持。

後來，有個女孩子喊了一聲「Play one」，讓在場的許多人都嚇了一跳。

在那個球場上，我、阿群、加上子雲的陣容，是很難被打敗的，當然，這種優勢只在那個球場上成立。

但因為隊伍太多，輪到那個女孩的隊伍上場時，已經天暗，籃框已經變成一團黑影。

「小姐，抱歉，天黑了，沒辦法繼續打下去。」子雲對著那個女孩說，而那女孩的隊友也已經背起背包離開。

「我等了這麼久，你說不打就不打？」

「小姐，我不是說不跟妳打，而是天眞的已經黑了，已經看不到籃框了。」

「我看得到。」

「小姐，我們不是要爲難妳，這樣吧！明天下午繼續，我們等妳。」

「我要現在打。」

子雲沒辦法拗得過她，說了句抱歉，拿起東西就走。

我跟阿群沒說話，跟在子雲後面離開球場；她也沒再說話，拿了東西，跟在我們後面。

我以爲子雲不說話、阿群沒搭腔、我沒有發言、她也沒繼續抗議的情況下，這件事就結束了。

但我卻因爲她的一句話，陪她在天黑之後的球場，打了兩個多小時的球。

「今天沒跟你們打，明天我就不在高雄了。」

「很巧，今天我放假，妳就打電話來了。」

「放假？」

「是呀！我變成軍人了，現在在海軍。」

「啊?!眞的?」

「是呀!妳不是搬到新竹去了嗎?」

「我又搬回來了,不過,只有我一個人搬回來。」

「爲什麼?」

「我故意考回高雄呀。」

我跟她聊了好一下子,從以前到現在,從近況到不遠的未來。這感覺像是多年沒見的好友,想把自己這些日子來的事情一次就讓對方了解一樣,話閘子一開,嘴巴就停不了。

「那妳現在在哪?學校宿舍?」

「對呀,我很無聊,想找你去看電影。」

「眞可惜,我現在要到台中去了,子雲在台中等我。」

我以爲在我告訴她我要到台中,而她也沒有多表示意見的情況下,這件事情、這通電話,就這樣結束了。

但我卻因爲她的一句話,留在高雄,這一留就是三天。

「今天沒見到你,不知道還要等多久。」

☆ **妳出現的突然,但我的生命卻像是已經……等妳很久了一般……**

19

我後來一直在想，爲什麼我會爲了她留在高雄三天。

這個她是指昭儀。

其實，那三天是怎麼過的，我大概已經忘了，隱約記得的是，昭儀在那三天裡，給了我很多的快樂。

她是個簡單大方的女孩子，沒有相當亮麗的外表，但卻會讓人對她的清秀有一種熟悉感，像極了隔壁陪你一起長大的女孩子，玩辦家家酒時，你扮爸爸，她就扮媽媽，你是醫生，她就是護士，你是王子，她就是公主。

她看起來粗神經，其實很纖細，給人像是男孩子味道，卻有著很溫柔的個性。許多事情在你還沒有想到的時候，她就已經做完了，當你覺得奇怪的時候，她也不會告訴你，其實那些她爲你而努力的成果。

把記憶從已被塵封的那一部份挖出來，我赫然發現，有一種人是可以很安靜的等待，不發出任何聲音，只是看著你，心裡冀望著你的每一個下一步，可以稍稍轉向他所在的方向，而他早已經準備好，把他所有最美好的事物都給你。

昭儀就是這樣對我的。

直到一九九八年，跟昭儀認識了整整四年的時間，除了寄給她的卡片之外，我從不曾主動跟她聯絡過。

她向我要我家電話，我給她，但她幾乎沒有打過；她主動在卡片裡寫上她在新竹的電話，我也從沒有打去過。我們之間的連絡方式，是每年固定的那幾張賀節問候卡片。

這似乎變成了一種既定的模式。每年兩個情人節，我都會收到她寄來的情人節卡片，時間總是會在二月十四日當天，以及農曆七月七日的七夕。

一個男孩子在情人節固定收到一個女孩子的卡片，我不知道這兩個人之間會起什麼樣的化學作用；但在我跟昭儀身上，這就像是兩個不會起反應的化學式，我不會因爲她寄情人節卡片來而想太多，她也不會因爲寄情人節卡片來給我而多給我什麼。

我可以看到她在卡片上寫下的字句裡的關心，但卻看不到她那些字句裡隱藏著的愛情。可能是我笨吧！但也可能是我心裡已經有個人。

子雲對我說，如果昭儀每年在固定的時間裡也寄同樣的東西給他，那我確實不需要想太多；偏偏，只有我一個人收到她的米色信封，裡面裝著彩色卡片。

當然，不只是情人節而已，耶誕節與過年也不例外，偶爾她還會在端午節、中秋節寄來卡片，問候我是不是已經吃了粽子？或是又跟子雲買了鞭炮到處放？

我曾經在卡片中向她提到，我跟她像是一直面對面的兩座山谷，每年除了情人節、耶誕節、年節之外，其他的時間，谷間都瀰漫著濃濃的山嵐，而山嵐使得我們一直看不清對方，所以卡片變成了芭蕉扇，只是這把芭蕉扇搧的不是火燄山的火，而是我與昭儀之間的山嵐。

一九九九年，農曆年前，好冷。

子雲打電話來說，台中冷到讓他想自殺。天生怕冷的他，一天到晚躲在被窩裡不想出門，買了一大堆泡麵果腹。爲了一堆畢業報告，他辭掉了兩個家教工作，同時，也被他在一起將近兩年的女朋友給甩了。

我問他爲什麼會被甩？他都會擺出一副不提也罷的表情，然後點上一根煙說：「改天再告訴你，有機會一定告訴你，那講起來太長了。」

Feeling 也從台北寄來一封信，信上提說她雖然已經在台北待了三年多，但還是非常不習慣台北的溼冷，冬天一到，一早出門上班簡直是一種酷刑。

祥溥：

你沒有在台北住過，你不知道這裡的冬天像什麼。

我覺得好奇怪，但又應該用神奇來形容。

台北與高雄說遠不遠，說近也不算很近，同在一個台灣島上，相隔也大概是三百多公里的距離而已，一個冬天一來，兩個城市的溫差為什麼這麼大？

是不是我太習慣高雄？我總會在早晨一個人縮著脖子、披著外套、搓著雙手、快步跑進浴室梳洗時，想起三年半前在高雄的日子，那家鄉的溫度是怎麼溫暖著我的。

轉眼間，來到台北已經三年半了，雖然時常回高雄，但每次要搭火車離開時，我總會希望來一場暴風雨或颱風把鐵路吹斷，或下大雨把鐵橋淹沒，那麼我就可以在高雄多待一會兒，我就可以不必在意火車時刻表上被規定出來的班車時刻，我得提早到火車站買票；我也可以不必在意票上的時間，是怎麼樣催促著我跑過月台地下道的。

在高雄的你，好嗎？

每次在台北接到你的信，就好像看到一個朋友遠道從高雄跑來看我一樣的親切，信裡，你把高雄的氣息寄過來了，可惜的是，你沒辦法把高雄一塊兒寄過來給我。

你知道嗎？在深夜提筆寫信給你，感覺像是一個人在深山裡漫步，我可以一路吱吱喳喳、東扯西落的不停說話，即使沒有人陪我走，我還是會感覺到，你一直在聽、一直在聽、一直在聽，我一個人在冰冷台北的孤單……

因為你就是那一座深山，真的！你像是一座山，一座謐靜的山。

不知道我說這些你懂不懂，算了，那不重要！告訴你唷！我已經決定，我要找個好時機辭去我的工作，因為我想念書，我要繼續念書。離開書本已經三年多了，還不知道自己的腦袋是不是退化了呢！

明年，你要來陪考嗎？

快過年囉！我先祝你新年快樂唷！

Feeling 一九九九年一月十六日

每次我收到她的信，除了高興之外，感覺還會分出一些地方留給悲傷。

我不知道我在悲傷什麼，但那悲傷的感覺好明顯，好像一個你深愛的人，在你的手臂上留下咬痕，你會因爲看見咬痕而想到他，卻也同時想起了他在你手上留下咬痕，是因爲你將很難再見到他。

「你是半屏山。」一天，我跟昭儀在大西洋冰城吃著彎豆冰，她突然這麼告訴我。

「啥？什麼半屏山？」

「我說，你是半屏山。」

「我聽不懂。」

「你知道半屏山吧！」

「知道。」

「你就像半屏山。」

「爲什麼？」

「你給我的感覺就像半屏山。總讓人覺得明明你就是一座山，爲什麼就只有半屏？讓人拚命想要去挖湊出另外的半屏，但努力到最後才發現，你並不是故意只給人一半的，而是你眞的只有那一半。」

「我什麼給妳一半而已？」

「你不會知道的。」

「無聊，妳不說我怎麼知道什麼另外一半？」

「你知道什麼是另一半，只是你還沒想到要給。」

她繼續吃她的彎豆冰，一副「好話說盡」的樣子。

當然，我完全聽不懂她在說什麼，爲了給她面子，我故意「喔」了幾聲。

但她這番話耐人尋味，我左思右想了幾天，還是沒有辦法了解她的眞意。雖然那次吃冰，我並沒有只付一半的錢。

後來，當我獨自站在船的前甲上抽煙，看著彷彿一面鏡子的海平面，與那比平時大兩倍的月亮時，我把 Feeling 的「深山論」還有昭儀的「半屛山論」拿出來努力的想了一次。

好，子雲說對了。是我笨，我還是不要想比較好一點。

☆ **我不只想當一座山，我不是山，我希望我是妳的未來**

20

一九九九年，我加入海軍也已經三年了。在陽字號上的日子，只能用痛苦來形容。

還記得我剛上船的時候，因爲資淺，菜的要死。套一句學長們常對我說的話：「喂！死菜B，以後看到我們就離我們遠一點，眞受不了你那一身菜味。」從這一句話，你們大概就可以稍稍想見，我只能受，只能忍，我什麼也不能做。

有一次，那是個很清爽的大晴天，排班表上寫著我的名字那一欄，兩個大大的紅字：「散步」。

其實，那並不是我第一次看到散步兩個字，卻是我第一次休散步假。而在那之前，我已經待在船上五個禮拜了。

這是一種奇怪的規矩。

你是新來的，你想放假，要問過那些所謂的資深人員，也就是你的學長們。但是，通常你不需要去問他們，他們就會來找你，但他們找你不是要你休假，而是要你替他們代班，而你的假，他們休。

「隊仔，今天我排散步，我可以走嗎？」我看過排班表，很興奮地跑到隊長臥艙詢問。

「不清楚，你去問問你的學長吧。」隊長看著報紙，毫不關心的說。

我趕緊跑上機房，一進門就看到三個學長坐在那裡。

「學長，我今天排到散步，我可以休嗎？」我問學長A。

「不要問我，問別人。」學長A很直接的回答我。

「學長，我今天排到散步，我可以休嗎？」我問學長B。

「我不是最老的，你要問就問他。」學長B指著學長C說。

「學長，我今天排到散步，我可以休嗎？」我問學長C，也就是他們口中最老的。

他正在翻看汽車雜誌，嘴裡哼著歌，偶爾吹兩聲口哨。聽到我的問話，他不太情願的轉過頭來。「你……多久沒下船了？」

「五個禮拜了。」

「那還好嘛，想當初我剛進來，被那群雞歪蛋關在船上八個禮拜，連他媽吭都不敢吭一聲。」學長C比手劃腳的說著。

「學長，我只是想回家看看，就讓我走一次吧！」

「讓你走是沒什麼問題，但你他媽不要有了一寸就想進一尺，我告訴你，門都沒有！」

我第一次休「散步假」，就是這樣的。

這是一種奇怪且不成文的制度，在軍中一直存在著。

日曆一頁頁的被翻過、被撕去，在海軍待了三年，當散步假不再像以前一樣難求，我反而不知道這早上九點放假，晚上十點收假的十三個小時裡，我能給自己什麼樣的快樂。

子雲在台中，Feeling在台北，以前的同學不是在台南、嘉義、新竹，就是在花蓮或台東，那短暫的十三個小時的自由，我像一隻被拔掉頭的蒼蠅，在高雄市裡騎著機車穿梭著。

子雲說，我進了海軍之後，變得很不甘寂寞。是啊！我是很不甘寂寞的，其實。

放了假沒人陪的時間裡，我可以打遍所有通訊簿裡的電話號碼，只求能找一個人陪我一起晃晃，有目的地也好，漫無目標也罷，只要我身邊有個人，儘管是年久失聯的朋友，還是交情頗淺的同學，我都可以接受。

只要我身邊有個人。

直到昭儀的突然出現。

昭儀的出現對我來說，像是一碗已經淋了清香醬油的白飯，又突然間撒上了一些肉鬆一樣的難以言喻。

白飯是我，清香醬油是Feeling，所以不用說，那突然加進來的肉鬆，就是昭儀。

基本上，一碗白飯拌醬油已經可以謂之極品了，所以撒進來的肉鬆就不怎麼容易去定義它，在我的感覺裡，雖然美味並沒有因此而受到負面影響，但總覺得這蓋在飯上面的肉鬆，裝飾的存在成份變多。

一碗飯沒有任何拌味，它一樣可以下嚥；就如生命沒有任何裝綴，分秒依然公平的前進。如果在飯上面淋上了醬油，那味道是不可言喻的完美，所以肉鬆變得可有可無。

但仔細想一想，如果飯並沒有淋上醬油，可以拌味的只有肉鬆呢？

「我放散步假了。」每當我因爲放散步假走出左營軍區大門，我就會打電話給昭儀，而她就會很自動的，在我家樓下等我。

我有時會問她，是不是大學生都不需要上課，文憑一樣能拿得到？

她會很俏皮的回答我：「這是要看實力的。」

不知道是不是我想太多，我總覺得她的課業其實很重，「看實力」這句話也不是眞的。

「我想去看夜景，你帶我去，好不好？」

晚上七點，一九九九年，冬天的翅膀隨著街邊行道樹的初葉更生而慢慢縮萎。

從昭儀突然出現到現在，也已經三年半了。

我從陽字號調職到拉法葉，從下士晉升到中士，當生命中的一切看起來似乎都沒有轉變的同時，其實，已經有了很大的轉變。

「好，妳想去哪看？」

「當然是山上。」

我們騎著機車，穿過高雄市最熱鬧的市中心，越過連結新興區與鹽埕區的高雄橋，繞過動物園，停在壽山上視野最好的地方。

「高雄的夜晚好漂亮。」

「是啊，跟海上的夜晚完全不一樣。」

「海上的夜晚是不是都很暗，伸手不見五指啊？」

「那是沒月亮星星的時候，只要有星星或月亮，海上的夜晚是很美麗的，只不過……」

「只不過什麼？」

「一片白色的海，鏡面一般寧靜的海，一望無際空空蕩蕩，只有你腳下的這艘船在行動著，那是很淒涼的美麗。」

「鏡面一般？」

「對啊！當海面陣風級數很低的時候，海眞的就像一面鏡子。」

「星星很多，對吧？」

「多喔！幾乎沒有空隙的佔據整片天空，多到妳會起雞皮疙瘩，月亮比平常還大。」

「哇……那……那……看得見流星嗎？」

「常見啊，清楚又不拖泥帶水的劃過去。」

「你看到流星會許願嗎？」

「會啊。」

「啊?!眞的嗎？來得及嗎？」她像小孩子一樣興奮的跺著雙腳。

「來不及……」

「來不及……來不及怎麼許啊？」

「候補許啊！就像搭不到飛機候補機位一樣啊！」

「眞的嗎？眞的嗎？」

其實，星星多是眞的，月亮大是眞的，流星常見也是眞的，但候補許願是唬爛的。

我不相信看見流星許願，那願望就會實現這回事。所以某個流星許願的鑽戒廣告，我是第一個吐舌頭不以爲然的。

但是，昭儀的天眞自然，卻讓我開始認爲，即使流星不會帶來願望的實現，也會讓自己的希望得到一個寄託吧！

站在拉法葉的甲板上，鏡面一般的海，比平地還要大的月亮，沒有空隙的星空，流星又一次劃過我的頭頂。

「給我一次機會，讓我對 Feeling 說一句……我喜歡妳……」

☆ **流星不會給我機會的，因為會對妳說我喜歡妳的，是我自己的心**

21

春天，是三月的季節，可能是我待在高雄太久了，總覺得高雄的春天，來得比其他城市都還要早，你彷佛可以嗅出那種洋溢活力生氣的味道，在每一條街，每一條道路上。

我一直很想到一個會下雪的地方去玩一陣子、去待一陣子，甚至是住一陣子，那我就可以看見春天來時，雪被陽光融化的景象。

有沒有想像過一種畫面？你是一片雪花，當你跟隨著冬天的腳步降落在某一棵樹的某一片葉子上，你會希望那片葉子所看得見的景致，是怎樣的畫面？

又當春天像日出的恆光蒞遍大地的每一個角落，而你也即將化做一滴剔透的雪露，你會希望自己碎落在怎樣的一片土地上？

我太愛下過雪的土地了！所以我心裡滿是這樣的疑問。

這個問題我問過子雲，他說他沒辦法回答，因爲他不是雪花，既然不是雪花，也就不會化做一滴剔透的雪露。

「你可以想像一下。」我試著要他回答我這個自己都覺得莫名奇妙的問題。

「不，我沒辦法。」

「你有辦法，只是想不想而已。」

「不，我眞的沒辦法。」

「你有。」

「我沒有。」

「你有。」

「好，我告訴你，曾經，我問過我室友類似的問題，他說我腦袋有問題。」

「什麼類似的問題？」

子雲說，在一個天氣不錯的下午，他上完課準備回宿舍，正走在校園裡的路上，然後有一片葉子掉在他的頭上。

他拿起葉子，看了一看，再看看那棵掉葉子的樹，他開始有了一個疑問。

「你說，當葉子離開樹的時候，是葉子會痛？還是樹會痛？」

「呃……」

「看吧！我就說吧！這種問題就像是問大便說，『Hello，你會不會覺得自己很臭啊？』一樣的好嗎？」

「不不不，我一直覺得你沒有聽到問題的精髓。」

「是是是，我再跟你辯下去只會傷了自己的腦髓。」

三月，一個冬雪融化的季節，也是一個讓人開始懵懂愛情的季節。

我常問自己在意的是什麼，每過一個時期，我就會問自己一次。因爲我是個不清楚何謂生命的人，所以讓自己明白心之所向，對我來說變成是一種目標，也可以說是一種目的。

小學的時候，我在意的是在下午四點放學後，趕緊做完功課，就可以冠冕堂皇的坐在電視前面看卡通；國中的時候，我在意的是每個禮拜三都會出一本的《少年快報》，裡面有很多漫畫家是我的偶像；高中的時候，我在意的是排球校隊的成績，還有自己的球技。

那……這幾年呢？

我沒有考上大學，進了海軍，在海軍裡待了三年半，學會別人不會的摩斯密碼，學會沒多少人看得懂的譯電技術，學會軍艦上通信機房的那些個傢俬怎麼操作，學會怎麼跟比你階級要大個數倍的長官搏交情。

除了這些，我還學會什麼？而在這些幾乎天天做的事情外，我其實在意的是什麼？

其實，很多事情都是沒有變化的，因爲會變化的是你自己。

當我在艦上的甲板看著星星抽煙時，天上的星空一樣是天上的星空，月亮一樣是出奇的大；當我放假時，被我邀出來唱歌作樂的，一樣都是那些朋友們；當我閉上眼睛睡過一覺，醒來後鏡子前站著的，一樣是我；就連每天用的牙膏都是同一個牌子、同一種包裝的。

話說回去。

當我想像我是一片雪花時，我在意的是我將落在哪片葉子上？還是在意那片葉上所能眺望的風景？化做雪露後，我在意的是我即將碎落的那片土地，是不是我所希望碎落的？

葉子掉落，可能是葉子痛，也可能是樹痛。

但如果你並沒有注意到這些個事情，只是無心的從那片葉上走過，那麼，你又何需去在意是葉子痛，還是樹痛。

後來，當我打開我的內務櫃，看見 Feeling 寫給我的那一疊信，也看見貼在鏡子上頭那張她寄給我唯一的一張照片，我才發現自己這幾年來所在意的，究竟是什麼。

「老闆，麻煩你，我想淋上一些醬油。」我把手上的白飯回端給小吃店的老闆。

「祥溥，我發現你吃飯有這種怪嗜好。」昭儀瞇著眼睛笑著說。

「什麼怪嗜好？」

「淋醬油。」

「喔。對啊，妳不覺得這樣很好吃嗎？」

「我知道這樣很好吃，但也不必每次吃就得每次淋啊。」

「沒辦法，我喜歡這樣吃。」

「其實，我覺得你跟子雲很像，你們只要一喜歡上什麼，或是一習慣了什麼，要你們嚐試別的，就好像要你們的命一樣。」

「也不會啦。」

「吃飯不一定只能淋醬油啊，你也可以試試別的啊！」

「例如加肉鬆？」

「嗯！聰明，加肉鬆也是一大極品啊。」

我吃著淋上醬油的白飯，夾了一口青菜。

昭儀，不是我不喜歡在白飯裡加肉鬆，只是我已經嚐到醬油了啊。

三年半了，我跟 Feeling 已經三年半沒有見面了。

儘管她時常寄來信件和卡片，但是三年半的時間，並沒有稍稍消磨我對她的感覺，反而更加深了我對她的喜戀，像一瓶藏在酒窖裡的老酒，越陳，一定會越香。

今天是我這輩子第一次被一個女孩子邀請看電影，對象不是 Feeling，而是昭儀。

我一直覺得很奇怪，在這沒有 Feeling 的三年半裡，昭儀的出現是一種奇妙的現象。就像是一個超級喜歡看卡通的小朋友，突然間得到一台令他目眩神迷的電動玩具一樣，他會一直玩著這迷人的電動玩具，但心裡面卻會惦記著這一集的卡通將會演到哪裡。

我問過船上的同事，如果一個女孩子在你每次休假的時候都無條件的陪你，她到底是什麼樣的心態。

後來我才發現我問錯人，因爲他們都很直接的拍拍我的肩膀，然後從皮夾裡拿出保險套叫我隨身攜帶。

同樣的問題，我也問了子雲，他也認識昭儀，所以我想他的答案會比較客觀而且正確。

「有兩種可能，第一，她壓根沒想到會跟你有愛情的交集，所以會無條件陪你。」

「那第二呢？」

「第二則反之，她壓根就是要跟你有愛情交集，所以她無條件陪你。」

「唬爛！昭儀是多直接自然的女孩子你也知道，她要是眞的喜歡我早就說了啦！」

「你又忘了，她跟我一樣是處女座，ㄍㄧㄥ功一流，打死不說的能力天下皆知！」

後來，子雲說我艦上的同事說的對，叫我到7-11買保險套隨身帶著，以備不時之需。

如我之前所說，我會問我自己到底在意什麼？

如果我會在意吃白飯一定要淋醬油，那昭儀呢？

看過了電影，時間尙早，昭儀要我到我帶她到西子灣去看海。

「昭儀。」

「幹嘛？」

「妳爲什麼會找我看電影？」一陣海風吹來，我撥弄著頭髮。

「無聊咩！一個人看電影這種事只有子雲會做好不好。」

「喔……那……妳都已經大四了，爲什麼會沒有男朋友咧？」

「你沒聽過大一俏，大二嬌，大三沒人要，大四死翹翹嗎？」

「那妳也經歷過大一、大二啊，爲什麼還是沒男朋友咧？」

「你想想嘛，我學校在市區，又在中正文化中心旁邊，那裡氣質美女那麼多，我這種死沒氣質的怎麼可能有人要呢？」

「喔……是這樣喔……」

昭儀輕笑了兩聲，然後站起身來。「祥溥，有沒有對著海大聲叫過？」

「哪種叫？罵人帶髒字的那種我有，床上那種我沒有……」

她在我背上打了一下。

「以前住新竹的時候，我就常一個人到海邊去大喊，高興的，不高興的都喊過，很痛快的感覺，你要不要試試？」

「好啊，可以罵三字經嗎？」

「不行！除了三字經之外其他的都可以。」

「那……妳先示範一下。」

我看著昭儀彎著身子，握著拳頭，拚命往海的那一邊大喊，大喊。

彷彿全世界只剩下她一個人似的，不在乎任何事，彷彿生命只剩下這吶喊的幾分鐘，如果不喊出來，就再也沒有機會了。

中山大學的海科院前，我跟昭儀在堤防上，一聲一聲的往海的那一端大喊。

一句「唐祥溥，我愛你！」的回音，也彷彿從海的那一端傳了回來。

☆ **如果我也能大喊一句「Feeling，我愛妳！」，我希望不是只有海聽得見而已**

22

「你爲什麼不辦台灣大哥大的手機？」
「因爲遠傳好啊。」電話的那一頭是子雲。
「可是如果你也用台灣大哥大，那我打電話給你或你打電話給我都會比較便宜。」
「可是遠傳好啊。」
「可以省點錢好還是倔強好？」
「遠傳好。」
我吸了一口煙，呼出，然後罵他混蛋。
「我還眞他媽倒楣！沒事辦支新手機讓你打來罵人，你在哪裡啊？」
「船上，基隆港邊。」
「你到底打來幹嘛？」
「我要問你，下禮拜會不會回高雄？」
「下禮拜幾號？」
「十二號之前。」
「不知道，應該不會。」
「不管！下禮拜，也就是四月十二號，早上十點半，我在你家樓下等你。」

「爲什麼一定要十二號？」

我又吸了一口煙，然後踩熄它。「因爲四月十三號是她的生日。」

「喔？Feeling 啊！」

「Yeap!」

「她生日干我屁事？」

「她生日不干你屁事，但她的生日禮物就不只干你屁事了。」

「你沒錢買我可以匯錢給你。」

「這跟錢沒關係，我是要你幫我選禮物。當然啦，你要出錢我也無所謂。」

「你旁邊有沒有牆壁？沒有的話就直接跳海吧！」

「下禮拜，也就是四月十二號，早上十點半，我在你家樓下等你。」

「哈！你慢慢等吧！」

「我會等到你的，我知道你會準時的。」

「哈！你慢慢等吧！」

「沒來的是小狗！」

「汪汪！」

四月，一九九九年，基隆港邊的夜，在甲板上，我看得見基隆車站。

有一種衝動，我想跳到海裡去，拚命游、拚命游，游到岸邊，走進車站，買一張到台北的車票，去台北找她。

當然，我還是沒跳，原因不是因爲我沒種，更不是因爲我不會游泳，而是即使我這麼做了，我到了台北了，我也不知道去哪裡找她。

每年的四月十三日，都會在休假週內。

不是我故意排定的，是很巧的，又好像很自然的、很應該的，在那個時候我就是會排到假，不需要刻意的。

認識 **Feeling** 之後，每年四月對我來說，就像身體起了自然反應必須去上廁所一樣，你不可能排定自己在今天的幾點幾分準時坐到馬桶上，但你的身體會很自然的告訴你說：「嘿！不要憋了！」

我可能會忘記我正在過的月份，也可能會忘記下個月是幾月，但每到四月，我都會很自然的記得，她的生日快到了，而我得有些動作了。

甚至有一次，我買了一本手札年曆。我先翻開尾頁，寫上自己的名字跟聯絡方法，再翻到扉頁簽上自己的名字，然後翻到四月十三日，畫了個心，以及一個要人命的「$」。

三年多前，也就是一九九六年，我跟昭儀約在大立百貨附近的萊茵河見面。

那天，我們聊了一下午，東拉西扯了一大堆，後來昭儀說了個不是故事的故事給我聽。

「祥溥，我要說個故事給你聽。」昭儀喝了一口咖啡，順了順她的頭髮。「有個女孩子，她的頭腦不太好，她從來不知道要買禮物送給一個人是一件非常困難的事情。」

「喔，然後呢？」

「她一直想、一直想，想破了頭，還是想不出到底要買什麼禮物送給別人？」

「買什麼禮物？」

「生日禮物。」

「然後呢？」

「她決定要出門去找，沿著街邊鬧區找，她想或許路邊看到的東西會讓她知道自己該買些什麼。」

「嗯，繼續。」

「她從早上逛到下午，又從下午逛到晚上，整個城市裡的鬧區都被她逛完了，她還是沒有看到她想買的東西。」

「嗯，再繼續。」

「後來她回想，她要送禮物的這個對象，到底缺了些什麼東西？」

「早該這麼想了。」

「她想不出來。」

「呃……」

「她又想了想到底這個對象喜歡些什麼東西。」

「嗯，這也是個好方法。」

「她還是沒想到。」

「我銬……這故事的主角真笨。」

「後來，她走到一家店前面，看見店裡有一些吊飾。」

「不知道要買什麼，就買一些沒啥用途的最好。」

「她突然靈光一閃，趕緊跑到附近的書店去。」她又喝了一口咖啡，深呼吸了一口氣。

「她沒有買吊飾？」

「沒有。」

「……這故事的主角一定是處女座的……」

「喂！處女座哪裡不好了？你說！」她火了，拍著桌子瞪著我。

「沒……沒……沒……很好，處女座超好，世界好。」

「後來她在書店裡，終於找到她要買的東西！」

「她買了什麼？」

「禮物。」

「廢話！我是問妳什麼禮物？」

「沒什麼，就是做吊飾的材料。」

「吊飾不買，買材料？」

「是啊！那個女孩子眞是天才！」

「這個故事的重點在哪？」

「重點在這個女孩子爲了買禮物很辛苦啊！」

「哇銬！我聽這故事聽得更辛苦！」

直到我回到家，我才發現這個故事的重點。

我說過，昭儀她看起來粗神經，其實很纖細，給人像是男孩子味道，卻有著很溫柔的個性。許多事情在你還沒有想到的時候，她就已經做完了。

管理員室的管理員伯伯把我叫了過去，說今天有個女孩子拿了東西來給我。

裡面是一些彩色的紙，以及一張卡片。

我瞥見管理員室裡的日曆，大大的兩個數字：十跟二十七。

笨溥：

你這個沒有生活情趣的傢伙，你知道要買你的生日禮物有多困難嗎？

之前只是寄卡片問候你的生日，沒想到真要買生日禮物的時候，我竟然花了一天的時間走遍了整個高雄市，才因為某家店裡吊著好多好多紙鶴，讓我想到我曾經在你寄給我的卡片上看過你說你喜歡摺紙鶴。

這些紙雖然便宜，不是什麼貴重的東西，但你一定用得上吧！
別忘了摺兩隻送我喔！
生日快樂！生日快樂！永遠都快樂！

儀一九九六年十月二十七日

「銬！你不是叫我慢慢等嗎？」
「是啊！可是後來我汪完了那兩聲之後才想到，我吳子雲能屈能伸，什麼都可以忍受，就是不能忍受別人當我小狗！」
「對喔……你被狗咬過……」
「閉嘴！買你的禮物去！」
我一路一直笑，一直笑，子雲在我背上發了幾個龜派氣功。
後來我們並沒有買禮物，因爲最適合的禮物一直擺在我房裡那個已經不使用的衣櫥裡。
「唐祥溥，我眞是倒了八輩子楣認識你，他媽的！」
「別這樣……等等請你吃麥當勞薯條！」
「好！你說的！」
「你要吃幾包都沒問題！」
「那這些多出來的怎麼辦？」

「丟掉吧！」

「天啊！眞不敢相信，我們竟然數完了四萬一千三百……」

「等等！我去找大一點的箱子。」

一九九九年的四月十三日，我依舊沒有見到Feeling。

我到了她高雄的家，把禮物交給管理員，裡面同樣附上了一張生日卡。

Feeling：

這麼多年來，我第一次叫妳Feeling，相信妳不會介意吧！

這是個完全沒有用途的生日禮物我知道，但是不把它送給妳，我會覺得很可惜。

我花了三年多的時間，摺了這四萬一千三百隻的紙鶴，因為妳的生日是四月十三日，所以我取這個數字。

妳知道嗎，每一隻紙鶴，都代表了一個東西，如果妳想知道是什麼東西，哪天見面了，我再當面告訴妳。

生日快樂。

五銖錢一九九九年四月十三日

☆ **如果紙鶴會飛，那麼這四萬一千三百次我對妳的思念，會飛到妳身邊**

23

「那是開玩笑的。」

「什麼？妳說什麼？我這裡很吵，妳講大聲一點。」

「沒啦！沒事啦！我等等到你家樓下等你。」

「喔！好，我馬上就要出營區了！」

「子雲回來了嗎？」

「應該到了吧！」

「那我先去找他。」

「好，他會去買鞭炮，妳別騎車了，讓他載吧！我家樓下見，Bye。」

昭儀說了聲再見，掛了電話。

我提著行李往海軍軍區大門快跑，一九九九年的中秋節，我早早就約好一堆朋友，準備在我家頂樓，來個世紀末鞭炮大展。

我很早之前就一直在想，世紀末的最後一年，一定要做些印象深刻的事情，將來老了，沒什麼事做，一天到晚窩在老人亭裡泡茶罵政治人物時，還可以拿出來當中場休息的笑料。

我很會亂想這方面的事情，尤其是進了海軍之後，因爲海軍窩在船上沒事做，就連値班也沒幾份電報要翻譯，想這些風花雪月、阿里不達的事情變成了另一種消遣。

不過，教會我想這些沒有意義的事情的兇手，不是別人，就是子雲。

我記得我開始被他「思想變造」，是因爲他跟我提出了一個提議。

那時候我們才高中，他跟我說，長大後，買了汽車，卻沒有情人陪著過情人節的時候，我們就買九朵玫瑰花，在二月十三日晚上十一點五十分，從高雄的中正交流道上高速公路，每過一個收費站，除了遞回數票給站員小姐之外，同時送她一朵玫瑰花，並且大聲對那小姐說：「情人節快樂！」

順便一提。我會認識子雲，是在我家附近的一個籃球場。

那是個社區籃球場，在幾棟小高樓的中間，以地形圖來說的話，它活像個盆地。

那籃球場裡只有兩個籃框，不標準的三分線距離、不標準的半場距離、不標準的全場距離，還有一個不標準的兼職球場管理員。

因爲他姓白，個子不高，福態福態的，常頂著個啤酒肚晃到場裡看我們打鬥牛，所以我們都叫他「白叔」。但是這稱呼是有陰謀的。基本上我們看見他叫他「白叔」，他耳朵裡聽的也是「白叔」，其實在我們心裡所想的是「白鼠」。

大概每天放學之後的時間，球場就會開始聚集一些人。

奇怪的是，這個球場不會有新人出現，再怎麼聚集，永遠都是那十來個人，不會多，也不會少。

更奇怪的是，在這裡聚集的人，年紀都差不多，頂多大個三歲，或小個兩歲。

最奇怪的是，大家都打得很好，每個人的球技都有一定的水準。

我有很多朋友都是在那裡面認識的，包括了阿群、阿賢、霸子……

第一次看到子雲的時候，他在較靠近後面的籃框一個人很認眞的練球，後來人聚集的差不多了，我們開始打鬥牛，大夥兒不忍心看子雲一個人在後場練球，就要我去邀他一起來。

這一邀，也邀到了我們兩個近十年的友情。

每到晚上吃飯的時間，大夥兒都回家了，就只有我跟子雲會留下來，我們會開始聊到在學校發生的事，或自己從小到大的趣事與糗事。

記得我跟他第一次說話，在夏天的晚上。

我問他有沒有聽過瑪麗亞凱莉的歌？他說沒有，我問他想不想聽？他說好，我馬上衝回家拿錄音帶（當時CD是奢侈品）跟隨身聽，再跑去買新電池，他也很乖的在球場裡等我。

我介紹他聽「Without you」，他說讚；我又介紹他聽「Music Box」，他又說讚；我問他會不會去買，他說不會；我問他爲什麼，他說他英文破。

我們越來越熟稔之後，第一次去他家，我看見他新買的CD音響旁邊，放了一片瑪麗亞凱莉的專輯：「Music Box」。

我問他你不是說不會買，他說聽聽也不錯；我吐槽他說你不是說英文破，他說就是因爲英文破才要買。

從那個時候開始，我覺得他將來會有跟別人不一樣的成就，就算成就不高，也一定與衆不同。因爲他給我一種很稀有的感覺，像是快絕種的台灣黑熊。

後來，在一九九九年的七月，我們出現了一次奇怪的對話。

「我下星期六休假，我們去台東玩。」

「沒辦法，我有事。」

「什麼事情比玩重要？」

「簽名會，我的。」

「你的？哈哈哈哈……別鬧了，不好笑耶，而且你要簽哪？國立政治大學落榜名單？」

直到我在他的簽名會會場外看見他坐在那兒幫讀者簽名，我才知道他已經出書，而且已經在 **BBS** 上面混很久了。

好笑的是，他的雙親大人跟我同時知道他出書的事，全都是一臉愕然。

「快快快！快找掩護！要衝了！要衝了！」子雲點著了扎在保麗龍上的超大衝天炮，大家急忙閃到邊邊去。

碰的一聲，超大衝天炮因爲扎得太緊，沒有衝到天上，在原地爆炸。

「我銬！啊你是白癡喔！沒事扎那麼深幹嘛？」阿賢第一個跑出來罵人。

「這樣飛得上去，我家的狗就會蹲馬桶了。」阿群也跳出來補上一句。

「唉，跟一個智商負數的人放鞭炮不好玩。」霸子加入罵人的行列。

後來阿群、阿賢、霸子都各放了一支超大衝天炮，沒有一個人成功。

子雲一次罵三個人，感覺好像很爽。

「喂！你們鞭炮要放，烤肉也要吃啊！」一手拿著醬刷，另一手拿著雞腿的昭儀嚷著。

「昭儀，我要雞腿！」我拿著打火機點著仙女棒，炫亮的火花在我眼前跳躍著。

「我也要！」「我也要！」「我也要！」「再加上我一共四支雞腿！」

阿群、阿賢、霸子跟子雲人口一聲，然後又開始玩他們的鞭炮。

昭儀沒有答腔，大概過了五分鐘，她遞給我一根雞腿。

我大概看得出來，阿群他們幾個人臉上的表情都寫著：「不會吧……?!」

只有子雲很鎮定的走到烤肉架旁邊，還裝做差點被燙著了的樣子轉移大家的注意力。

而我也大概看得出來，我手上這支雞腿，是昭儀刻意給我的。

「唐祥溥，我愛你……」昭儀似乎用盡了氣力，往海上吶喊去。

回音似乎從海的那一端傳回來，又在我耳朵裡迴蕩著，迴盪著。

我們沒有再說話，在接下來的五分鐘裡。

我以為是我聽錯了，也希望是我聽錯了，但我不能確定，也不敢確定，於是我讓氣氛安靜，讓彼此安靜。

她沒有坐下來，我也沒有站起來，海風很大，吹得我眼睛有點痛，大概是風裡有鹽的關係，我揉一揉眼睛。

「喊完！回家！」昭儀拉了拉我的衣領，一個人往堤防邊走下去。

堤防不高，我用跳的。

「妳剛剛喊的是三字經，對不對？」

「哪有？我雖然沒什麼氣質，但是我不罵髒話的。」

「有啊！『唐祥溥』是三個字，『我愛你』也是三個字。」

「……」

我不敢再說話，但心裡卻有種莫名其妙的激動，感覺有什麼東西侵入，心裡酸酸的。

「好吧……我逗妳的，那不是三字經我知道。」直到我載她回到她的租屋處，我才開口擠出這句話，尷尬的笑著。

「那本來就不是三字經……」

「妳……是開玩笑的吧……？」

「……」她頓了一下，沒有回答，晃了晃自己的手。

過了一下子，她轉頭，拿出鑰匙，打開門，走進去。

「你……你說呢？」在關上門之前，她躲在門後，看著我，然後低下頭。

「碰！」又是一陣鞭炮的爆炸聲。

「哇銬！這一聲碰花了我一百塊……」子雲拿著打火機，望著剛才衝天炮的爆炸點說。

那一年，一九九九年的中秋節，如我所說，印象深刻。

在我家的頂樓上，阿群、阿賢、霸子、子雲、昭儀、還有我，我們放了一夜的鞭炮，吃掉了好多好多烤肉，也喝掉了好多好多飲料。

昭儀說她是開玩笑的，關於那天海邊的吶喊。

☆ **我不捨她的付出，卻放不下自己的付出**

24

中秋節過了，大家又開始忙碌；昭儀開始天天打電話給我，還是一樣東扯西扯。

前幾天，她在電話那一頭放了一首歌給我聽，電話裡聽得不是很清楚，所以我也沒有特別注意那首歌是什麼，只知道那是個女歌手唱的，旋律帶著深深的哀愁。

「你要記得喔！」

「記得什麼？」

「厚！才告訴你，你馬上就忘記……」昭儀在電話那一頭，用很不自然的聲音說。

我沒聽過她用這種聲音跟我說話，感覺像是某一個替老公放洗澡水的廣告。

「再說一次，我保證一定記得。」

「我說，我下禮拜就要回新竹了，我要跟你打最後一次籃球，我在籃球場等你，你一定要來喔！」

「爲什麼要回新竹？」

「喂……你眞的沒在聽我說話……」

「再說一次，我眞的保證一定記得。」

「我六月就畢業了，現在都已經快十月了，我還待在高雄，媽媽快罵死我了。」

「喔……對喔……」

「所以我要跟你打籃球，最後一次。」

「下禮拜幾號？幾點？」

「九月三十號，下午四點。」

「好，我會去。」

我掛了電話，走下階梯準備回電信室裡繼續値班，旁邊正在跟女朋友講電話的學弟很順口的說了句「我愛妳」，還外加 KISS BYE。

我腦海裡立刻閃過一個畫面，昭儀對著大海的吶喊，那一段對著大海，開玩笑的吶喊。

「開玩笑」這三個字，在以前或許很單純，但現在這三個字被濫用，變成是一種逃避的最佳方法，變成一種推卸責任的藉口，變成是一種刺探對方的理由，變成一種掩飾不安的心態，變成一種為自己的錯誤脫罪的供詞。

以前的小男生因為喜歡某個女生，但自己腦袋瓜子還沒長全，想不出接近那個女生的好方法，當然唯一的途徑就是惹她生氣，讓她注意自己。

你可以去扯她的辮子、打她的頭、在她的課本上畫烏龜、在她的座位上放假蛇，或是用最常用、最刺激、最養眼、卻也最討打的手段，掀她裙子。

她跑去找老師告狀，老師跑來罵你，你害怕，隨口說出一句「我在跟她玩，我是開玩笑的」，老師不會相信，因為他（她）小時候不是掀過別人的，就是被別人掀。

老師打電話告訴家長，小朋友回家後，爸媽很嚴肅的詢問狀況，他還是用一句「我在跟她玩，我是開玩笑的」對爸媽說。

爸媽開始教訓這個小男生，痛罵勸導雙管齊下。

媽媽心裡想著：「完了……這小孩子像他爸爸……」

爸爸心裡想著：「嗯，他果然是我生的。」

「對著過來人扯謊是最笨的聰明人」，我曾在某篇報章雜誌上看到這句話，從此發誓，我只對小朋友說謊。

但現在的開玩笑，完全跟以前的開玩笑不一樣。

曾經有個新聞報導，一群高中生對一個弱智的同校女生進行性虐待，因為沒有犯罪頭腦，所以一群人在當天晚上就被逮捕。警察問供，要他們說出為什麼要這麼殘害女同學。他們的回答很一致，都說是開玩笑的。

由此可見，哪天有個新聞說某個人在大馬路上明目張膽地開槍把另一個人給掛了，被扭送警局之後，對著新聞媒體的鏡頭說他是開玩笑的，他不知道板機扣下去就會有子彈跑出來的話，我想，我們也不需要覺得太扯。

對不起，我太囉嗦了，又忘了自己在說故事。

昭儀說，她是開玩笑的，關於那天海邊的吶喊。

不知道爲什麼，當我聽到她說這句話的時候，我竟然有一點難過。

我希望她不是開玩笑的嗎？不，我眞的希望她是開玩笑的。因爲兩個人用固定的模式、平行線的距離相處了這麼久，突然間多了愛情，我想那也會產生不少問題。

我喜歡昭儀，但我的喜歡是沒有愛情在內的。

當我休假的時候打電話給她，我知道她一定會在我家樓下等我，我喜歡她的乾脆。

每次她心情不好或鬱悶的時候打電話給我，我知道在電話掛掉之前，我們一定會笑著說再見，我喜歡她的脾氣。

她在高雄的四年，我每年都會收到她送給我的生日禮物，我喜歡她的溫婉。

我不爽的時候，在電話這一頭罵著三字經，她會陪我一起罵「王八蛋」，我喜歡她的直接與豪爽的個性。

我喜歡她好多好多地方，但僅僅少了愛情那一部份，我們之間就不會有進一步的可能。

因爲感情這種事情騙不了自己。

我完全不知道我喜歡 Feeling 哪些地方，但僅僅多了愛情那一部份，我就會不顧一切可能的爲她付出。

這也是因爲感情這種事情騙不了自己。

或許你會模糊著，不知道自己在吃飯時、睡覺前想著對方到底是不是愛情；但是想念的感覺有溫度，所以會溫暖你。你可以不去想這些想念是不是關於愛情，但你卻沒辦法騙自己說這些不是想念。

因爲想念是感情的一部份。

綜合這些論點，我猜測昭儀在說謊，她不但對我說謊，也對自己的感情說謊。

而我的猜測，在子雲的一通電話裡，得到了印證。

中秋節那天，昭儀堅持要子雲載她回去。

當然，大家都沒有意見，因爲累的不是自己。

後來我才知道，昭儀問了子雲很多事情，還好子雲是聰明人，他回答問題的技術可以說是舉世無雙的厲害。

「昭儀很喜歡你。」

「她說她是開玩笑的。」

「女人的話，你要多分點心去解釋。」

「怎麼解釋？」

「她說她是開玩笑的，是說她大喊『唐祥溥，我愛你』那一句如果不是眞的，那就是開玩笑的。」

「你他媽眞能拗。」

「她眞的很喜歡你。」

「別拗了。」

「不，是她親口說的，她趴在我的肩膀上，哭著親口說的。」

我不知道是不是我故意裝做冷感，對於昭儀對我的感情，但我很明白自己的個性，我猜想，總有一天，我會很不忍心的讓她傷心。

九月二十七號，那天是個大雨天，我在左營軍港的船上，又悶又熱，雨又下個不停。

「還記得嗎？」昭儀說，她好像在吃東西。

「記得什麼？」

「厚……你眞的忘了嗎？」

我又聽到幫老公放洗澡水的聲音。

「我記得，我一直記得。」

「說給我聽。」

「不用吧……」

「不管！你說給我聽。」

「我知道，九月三十號，下午四點，我要跟妳打籃球。」

「好，記得就好。」

接著我們又聊扯了一些言不及義的事，也聊到了九二一大地震。

那時我在船上，船在海上，所以沒有感覺；她說她躺在床上聽歌，聽著聽著不知不覺的就睡著了，夢見有人拚命搖她的床，還一直對她說：「不准睡！不准睡！」

三十號那天下午，我回到家，接到Feeling的來信。

祥溥同學：

好久沒有寫信給你了，你好嗎？

在台北工作了幾年，前幾天正式遞出辭呈，我終於可以回高雄了！你知道我有多興奮嗎？每天想著想著會睡不著覺，黑眼圈越來越嚴重。

這幾年在台北工作，算是一種自我的磨練吧！我從來沒有離開過家，小時候也被爸媽照顧得好好的，我還記得我第一次買一雙要綁鞋帶的鞋子，卻不知道該怎麼綁，每天要出門上學都要叫媽媽幫我穿鞋，而那個時候我已經小學五年級了。

套一句俗話說，「徹徹底底是一株溫室裡的花朵」。

因為工作穩定的關係，自己也存了一點錢，前一陣子主任特別讓我提早休年資假，我跟同事去日本玩了幾天，發現這個世界上每一個地方的差別真的很大，卻也見識到了不同的國情，不知道你有沒有出過國？但我想，你一定有跟我一樣的感覺吧！還是台灣好，對嗎？

工作將在這個月底結束，三十號那天，我會搭遠東航空下午三點三十分的飛機回高雄，到高雄大概是四點十分吧。終於要回去了，現在想起來還會興奮的傻笑呢！想麻煩你一件事情，如果可以的話，是不是能請你到機場來接我呢？因為我怕我一個人提不了那麼多行李，爸媽都在工作又不方便麻煩他們。

如果你願意的話，寫封E-mail告訴我好嗎？最近同事幫我申請了一個免費的電子信箱，我正樂著要大家都寄信來給我呢！

我的E-mail:feeling_cheng@XXXXXX.com.tw

等你的消息喔！

Feeling一九九九年九月二十五日

我看了一下時間，離四點十分還有四十分鐘。

我趕緊換了件衣服，拿了車鑰匙就往樓下車庫衝。

我心想完了，今天才接到信，根本沒時間回她E-mail，她沒接到我的消息，會不會另外請朋友去接她呢？

想著想著，心裡焦急著，突然間發現我家的TOYOTA很難開，因爲速度太慢。

收音機裡傳出一首很熟悉的歌，旋律中帶著深深的哀愁。

我終於聽清楚昭儀在電話那頭放給我聽的歌，一字一字的穿過我的耳朵。

她不是開玩笑的，關於那天海邊的吶喊。

全世界只有你不懂我愛你，我給的不只是好朋友而已，
每個欲言又止淺淺笑容裡，難道你沒發現我渴望訊息？
我應該如何讓你知道我愛你，連星星都知道我心中秘密，
今夜在你窗前下的一場雨，是我暗示你我有多委屈。

註 出自李玟專輯，暗示，詞／姚謙 曲／吳旭文

下午四點十四分，我在機場出口，看到了近四年不見的她。

下午四點整，她在籃球場，一個人。

☆ **感情這種事情開不起玩笑，因為它騙不了自己**

25

「祥溥？」Feeling 拖著兩箱行李，背著個大背包，在出口處看到我的時候，指著我，一

臉驚訝。

「嗨。」我很糟糕，我完全不知道自己該說些什麼。

「我沒接到你的 E-mail，我以爲你沒收到。」

「我也是剛剛才看到妳的信的，大概四十分鐘前吧！呼，眞是險象環生。」

「呵呵，還好你來了，不然我就得招計程車回家了。」

「我以爲妳會叫別人來接妳。」

「沒有，大家都沒空，我也不好意思麻煩別人。」

「那妳找對了人！麻煩妳以後盡量麻煩我。」我順手提起她的行李，走出機場。

「就這樣。」

「就這樣？」

「對啊，我幫她把行李搬上車、載她回家，再幫她把行李搬下車，然後自己回家。」

「就這樣？」子雲雙手一攤，一臉不可置信的。

我遞了一根煙給他，然後點火。「你要求很多耶！就已經都說給你聽了啊。」

「你沒有約她出去？傍晚時間耶！順便帶她去吃飯啊！」

「她說她要跟家人一起吃飯。」

「那你也可以約她晚上吃完飯後去接她，帶她去散步啊！」

籃球場旁的樹蔭下，涼風輕拂，場裡面幾個小朋友在玩球，他們非常努力地想把籃球丟進籃框，卻力不從心，連碰都碰不著。

「有啊，我當然有約啊。」

「她說什麼？」

「有一種東西，叫做改天。」

「又改天？」

「我家的車子比較老舊，所以坐起來不是挺舒服，妳不會介意吧？」我搬動著她的行李，往車後面的置物箱放。

「不會不會，你肯來接我我就已經阿彌陀佛了。」

「阿彌陀佛？」

「啊？你不知道？」

「大概能懂妳的意思，但我好奇的是爲什麼會這麼形容？」

「呵呵，在台北生活，常有一些新的怪詞出現，剛開始聽會很不習慣，只覺得好笑，之後就習以爲常了，自己也會不知不覺地說出來。」

「喔？」

「想不想學？」

「好啊！」

「看在我們是好朋友的份上，算你便宜些，一句五十塊吧！」

「五十?!那算了，我很窮。」

「呵呵，跟你開玩笑的啦！」

「看在我們是好兄弟的份上，算你便宜些，聽你講這些風花雪月一次就收五十萬吧！」

「好啊，不過上一個收我五十萬的人，他墳地上的草已經長得比你高了。」

「別KY了，後來呢？」

「什麼KY？」

「KY者，國語念『哭么』，台語念『銬么』。」

我在子雲背上發了幾個龜派氣功。

「然後呢？」

「上車啊，後來她就上車啦。」

「上車之後呢？」

「就聊了些有的沒的，我突然發現中山路好長好長，好像一輩子都開不完一樣。」

小朋友的球飛了過來，筆直地朝子雲的頭上打下去。

子雲的眼鏡飛掉，摔在地上，還好沒破，不過鏡腳歪掉了。他的鼻樑邊被劃了一道傷痕，血流出了些。

那些小朋友沒一個敢過來撿球，他們大概怕子雲會殺人。

「沒關係，來，球給你們。」子雲把球撿起來，摸摸自己的鼻子，笑著對他們說。

「大哥哥……你流血了……我回家去拿面紙給你。」

「啊？回家拿？」

四五個小朋友做鳥獸散，一下子全消失在籃球場上，不知道他們是真要回家拿面紙，還是逃命要緊。

「還好這不是動脈出血，不然等面紙來了，我大概也掛了。」

「哈哈哈哈哈哈……」

「妳在那公司待了將近四年，有沒有升遷啊？」

「有啊！不過只是頭銜改了，工作內容還是沒什麼差別。」

「什麼頭銜？」

「本來是主任助理，後來升遷成了經理秘書。」

「嘩！經理秘書耶！是不是每天都穿著套裝上班，像日劇裡那種上班族小姐一樣？」

「你想太多了，頂多只是薪水增加，但工作內容真的差不多。」

中山路很長很長，紅綠燈好多好多。

「我很佩服那些敢一個人到外地去求職工作的女孩子，尤其是去台北。」

「爲什麼？」

「大概是被日劇影響的吧！總覺得在辦公室裡工作的女孩子，總會遇上一些讓人深感挫折的情況，又只能把那些難過往肚子裡吞，台北又是個商業都市，遇到的上司、同事大概都很市儈，難過可能又更多了。」

「也還好啦，不過習慣了之後，會覺得那是生存之道吧！」

「妳很勇敢，又很獨立，給妳拍拍手。」

「哎呀呀，你別忘了你在開車啊……」

「邊開車邊拍手有什麼大不了？我用腳開給你看！」

「好啊，你開給我看啊！」

「用腳踩油門啊！這你都不會嗎？」

我抓起剛剛小朋友沒有帶走的籃球，往子雲身上補了一記。

「你們聊的東西眞無聊……」

「是你要求太高，我覺得這樣我就很快樂了。」

「完全沒有稍稍聊到一些重點部份？」

「你所謂的重點部份是什麼？」

「就是感情啊！我知道你只要能跟她說話、能看到她就很快樂了，但是至少要稍微提到一些你們的……」

「感情？」

「對！對！對！」

「呃……嗯……我想想……好像沒有……後來我們都在聊日劇。」

子雲拾起那顆小朋友沒拿走的籃球，往我身上補了一記。

那群小朋友跑了回來，人手一包面紙，有一個比較扯，他把他家的舒潔整盒拿來了。

「我銬！我又不是全身筋脈盡裂，血流不止，你們拿這麼多，我怎麼擦得完？」

「祥溥，我想問你一個問題。」Feeling 打開她的手提包，翻動著，似乎在找什麼。

「好。」

「但在問這個問題之前，我要先謝謝你。」

「爲什麼要謝謝我？」

「因爲這些紙鶴。」

她從手提包裡拿出一個小罐子，裡面裝了幾隻我摺給她的小紙鶴。

「啊……呃……不客氣……」

「你爲什麼要摺紙鶴給我？」

「妳知道嘛，當兵無聊，我的工作時間很長，要翻譯的電報又很少，所以就摺摺紙鶴消磨時間囉。」

「眞的嗎？」

「眞的，眞的。」

「你在卡片上說，一隻紙鶴代表一個東西，那是什麼？」

「呃……再過兩個路口就到妳家了……」

我的腦袋像電腦硬碟一樣，被重新Format了一次。

車子停在路口的紅綠燈下，秋天的高雄像是一幅彩色的畫，但這幅畫在我眼前卻是一片支離破碎，美麗，卻支離破碎。

這就是子雲所說的重點部份吧！

當兩個人籠罩在抹著愛情的氣氛下，時而出言試探，又擔心自己比對方早說出了些什麼，兩個人手上都捧著愛情，卻把它藏在身後，心裡想著，「如果我把愛情交給他，他會不會也把愛情交給我呢？」

「妳要自己搬上樓嗎？」我把她的行李放到管理室前面。

「嗯，有電梯，不麻煩的。」

「喔，好，那……晚上可以一起吃飯嗎？」

「今天剛回家，我還是陪家人吃飯比較好。」

「也對。那……吃完飯之後……」

「改天吧！好嗎？」

「嗯，好。」

我向她說了聲再見，她也笑著揮了揮手。

「我可以問妳一個問題嗎？」臨走前，我回頭叫住她。

「好啊。」

「妳爲什麼……會隨身帶著紙鶴？」

我緊張，全身不停發抖，一點都不冷的高雄，有著一點都不冷的秋天，但我卻像身在北極一樣。

「你想聽眞話，還是假話？」

「我想聽比較好聽的。」

「呵呵，你很狡猾。」

後來，在我回家的路上，我的頭腦又像是硬碟重組一樣，每一片記憶都像拼圖一樣被剝開，再拼回去。

我不知道自己心裡面的感覺是什麼，有點失落，又有點興奮。

失落是因爲我沒能和她一起吃晚飯，惋惜的感覺從我離開她家後就一直聚集，聚集。

興奮是因爲她給我的答案。

「讓我感動的事情，我會一直記著它；讓我感動的東西，我想一直帶著它。」

☆**如果妳說的是真話，那……讓妳感動的人呢？妳會不會愛上他？**

26

回到家，管理員伯伯爲我打開地下室車庫門並且向我揮手，我也向他揮手打招呼。

當我發現自己忘記跟昭儀約好下午四點在籃球場見面的時候，已經是晚餐時間過後了。

其實很扯，我想大概是太高興Feeling回來了的關係，我壓根完全忘記昭儀在等我的事情。而且我還是是我在回家之後，盛了一碗飯，跑到電視機前，看到我弟正在看NBA的錄影帶，我才猛然想起來。

「啊！完蛋了！」

爸媽都被我嚇一跳，我弟罵我「靠夭」。

我看了看時間，已經是晚上七點多了。

我一邊扒飯一邊拿起電話猛打，每一次都轉語音信箱，我不知道是她手機沒電？還是她故意關機？打去她的租屋處，也沒有人接，不知道是她在生氣不接？還是眞的還沒回家？

我拿了機車鑰匙就往外衝，經過管理員室的時候，管理員伯伯招手叫我，我沒理他，只請他把地下室車庫的門打開。

我用最快的速度把車騎出地下室，管理員伯伯又在管理員室向我招手，我隨意揮了揮手表示招呼，並且大喊了一聲謝謝，隨即加足馬力往球場騎去。

這一路上，我把紅燈當綠燈看，把綠燈當超車燈看，雖然球場離我家挺近，卻突然覺得好遠。

直到我趕到球場，放眼望去，場上空無一人，場邊的椅子上也是空的，只有幾片芭樂樹的枯葉子被風推著走的聲音。

我在球場上晃了兩圈，又跑到旁邊的椅子上坐了五分鐘。

「昭儀或許已經回去了吧。」我心裡這麼想著。

在騎車回家的路上，我很擔心，心情很低落，雖然我一直告訴自己她不會有事，她已經平安回到家了，但只有我自己知道那是我在安慰自己。

說安慰是好聽些，其實是找理由減輕一點罪惡感。

我想起了以前高中的時候，班上有個同學叫勝貴，因爲他長得比較成熟些，所以大家都叫他「阿伯」。

他爲人憨厚正直，是個標準的老實人，同時也是個很專情的男孩子，專情到幾乎大家都說他是白癡。

他暗戀同年不同班的某個女孩子兩年多，千百次邀約沒有一次成功，我懷疑他的心是不鏽鋼打的，因爲他幾乎不知道什麼是失落、失望與心痛。

班上每個同學都知道他爲她瘋狂，所有甜蜜浪漫，甚至匪夷所思的事情他都爲她做，可惜的是她完全不爲所動。

班上同學還爲此開了個賭局，比數一賠十，賭她不可能跟他有任何進展，就連一起走在街上都不可能。

他跟我說：「邀一個女孩子一起出去的機會是從零開始的，我相信這會累積，所以我稱它爲『勝貴戀愛魔術數字』。」

我聽完是笑到不支倒地，因爲他竟然天眞可愛到這樣的程度。他又說，每一次挫折，他會當成是「勝貴戀愛魔術數字」被加了一。

也就是說，他被拒絕一次，等於挫折一次，每一次挫折等於數字加一，挫折兩次就是加二。而他認爲當數字累積到一百時，就是她被他感動的時候。

我爲他難過，因爲他完全不知道那個女孩子對他的感覺是零，而她認爲的「勝貴戀愛魔術數字」是無限大。

有一天，見他一臉興奮到狂的跑過來告訴大家，那個女孩子終於答應跟他出去吃飯，就在「魔術數字」累積到八十三的時候。

說實話，大家都非常驚訝，同時也痛苦到了極點。驚訝是因爲這世界上又多了一件不可思議的事情；痛苦則是因爲大家都輸了錢。

他爲了這次的約會，跑來跟我借了一些他平常不可能會穿的衣服，還向他哥哥借車，打電話到花店請小姐包好一大捧鮮花，並且交代時間送達餐廳。最後，他向父母預支了幾個月的零用錢買了一條項鍊。

這一些動作，實在讓人嘆爲觀止。

後來，他在相約的那家餐廳從午餐時間等到晚上九點，他抱著花店準時送來的鮮花開車到她家門口，又等到十一點。

最後，他看見她從一輛車上下來，開車的男孩叼著煙，車上的音樂聲像在開演唱會。

「對不起……我忘了……」這是她的理由，當她看見他捧著花，站在自己家門外時。

我突然覺得自己好像跟這女孩子沒什麼兩樣，在騎車回家的路上，我的心，一直被這樣的罪惡感啄食著。

「昭儀很喜歡你，這是她親口說的。」子雲的話在耳邊環繞著，像唐三藏的金箍咒。

回到家，管理員伯伯不在管理室裡，我拿出遙控器開門時，聽到有人在叫我的聲音。

「祥溥，你很會跑，怎麼叫你都聽不到。」管理員伯伯跑到我旁邊，車庫的門慢慢開啓。

「有嗎？你有叫我？」

「有啊！叫了好多次。」

「什麼事？有掛號信要領嗎？」

「不是，有個女孩子來找你啊，從下午到剛剛，來了好幾次。」

「伯伯！你有沒有留下她的名字或什麼的？」我抓著管理員伯伯的手臂，激動的說著。

「她沒有留名字，也沒有留電話，我問她要不要打電話去你家問問，她又說不用。」

「她從下午到剛剛都來？」

「對啊！幾分鐘前才走啊！」

「伯伯，謝謝你，我知道她在哪裡！」我掉過車頭，要往球場的方向騎去。

「等等！」伯伯叫住我，拉著我的衣服。「她沒有留名字，但是她有留句話啊。」

我又騎著車往球場狂飆，心裡好難過，好難過。

一些回憶的片段像是有了生命一般的在我的眼前動作著。

我想起以前子雲常對我說的，愛人與被愛都是感情對人的懲罰，你選擇愛人，也可能等於選擇了失落與心痛，你若是被愛，就可能會是別人眞心的劊子手。

我常覺得有分岔的感情事不會降臨在我身上，我不會是三角戀愛中的任何一角，就算子雲告訴我昭儀對我有感情，我依然認爲，那是昭儀的開玩笑。

人總是爲了在愛人與被愛之間做出選擇而頭痛，卻往往忽略當愛人與被愛同時選擇你的時候，你該怎麼做出決定與取捨。這是世界上唯一魚與熊掌能兼得的事，如果魚是愛人，而熊掌等於被愛的話。

「昭儀！」在球場旁的路燈下，我看見了昭儀。

她回頭，看著我，眼神中的落寞，隨即被淚水淹沒。

「對不起！對不起！對不起！對不起！眞的眞的對不起！」我隨手把車停在旁邊，跑到她面前。

她哭、她難過、她搥我、她打我，我聽見她的哭聲中透露出的擔心與惶恐，我在她的眼淚中看見她對自己感情的放縱。

「……我以爲你不理我了……」

「怎麼可能？妳不要亂想。」

「……我以爲你不想來了……」

「不是啦……是……我……哎呀……妳不要亂想啦……」

「……我討厭你……我討厭你……」

她的手打在我的手臂上，她的眼淚滴在球場外的人行道上，一九九九年九月的最後一天，夏末的夜。

管理員伯伯說，她在管理員室的留言，是一句他聽了也會不忍心的話。

「我會一直等你的。」

☆ **若愛情可以建立在不忍心之上的話，我愛昭儀**

27

「Feeling與昭儀，我該怎麼選擇？」這個問題開始困擾我，在我失約那天晚上之後。

我開始比較，Feeling與昭儀之間。

《我們不結婚，好嗎》是子雲寫的，他在書中寫出了三角戀愛的曲折與反覆。

在女主角趙馨慧與男主角林翰聰的感情之間，有一道透明的牆擋在中間，那是珍珠男。

我佩服珍珠男如海浪般的追求攻勢，那幾乎讓趙馨慧無法招架，別說女主角不感動，我看了都感動，還差點被子雲騙去了眼淚。

反觀林翰聰，他是個悶騷子，我個人認為子雲在寫他自己，雖然他一直覺得自己比較像珍珠男。

林翰聰深深喜歡著趙馨慧，卻礙於自己的個性施展不開，悶騷性情所致的後果，是差點賠了夫人又折兵。

在他愛她，她卻愛著另一個他的三角中，似乎永遠都不得其解，又似乎可以輕易得解。

「愛情不是在算數學，因為在愛情裡面，一加一會等於三，也可能是四、五、六……」子雲煞有其事的說著。

我把這樣的原理投射到我的身上。

我愛她，但另一個她卻愛著我的三角中，似乎永遠都不會停止這樣的循環，又似乎只要多一些什麼就可以解開。

那，要多什麼才解得開？又可以不讓任何一角崩塌？

是勇氣嗎？

我提起勇氣對 Feeling 說出我多年來的心意，然後對昭儀說聲抱歉；這樣就解開了嗎？

不會，因爲昭儀那一角崩塌了。

那麼，放棄呢？

我放棄自己對 Feeling 的癡，選擇與昭儀之間的幸福，如果被愛眞的是幸福的話，那麼我一定會幸福；這樣就解開了嗎？

不會，因爲我的這一角崩塌了。

換成逃離的話，可以嗎？

我不再在三角問題中打滾，我選擇離開這樣的難題，就算 Feeling 對我也是喜歡的；但是三角一旦不存在，就可以解開了嗎？

還是不會，因爲三個角都崩塌了。

沒有一個方法可以解開，沒有任何一角可以從崩塌的命運中倖存。

感情一旦捲進了三個人，總會有一個人受重傷。

我不希望任何人受重傷，所以我慌、我亂、我不知道該怎麼辦，在 Feeling 與昭儀之間，我該怎麼選擇？

我沒有別人可以問，也不會去問別人，因爲我只有子雲這個最知心的朋友。

很多朋友對我說過，他們非常羨慕這樣的友情，他們說，子雲之於我，我之於子雲，跟身上的肢體沒什麼兩樣，正常人誰也不會笨到把自己的手腳卸下來。

我可以說是幸運的，也是幸福的。

當子雲有什麼不如意時，他不會找別人，他只會找我，反之，我也是。在我跟他相處的近十年間，沒有任何一件事情是必須隱瞞的，「秘密」兩字在我跟他的友情當中不存在。

「癡人說夢。」子雲這麼回答我，在我問他如何能讓任何一方都不受傷的情況下，解開這一道習題之後。

「總會有辦法吧。」

「辦法有，就是讓時間一直過，直到你不喜歡 Feeling，或昭儀不再喜歡你。」

「還有嗎？」

「沒有，你等死吧。」

昭儀回新竹了，她在火車上打電話給我，說她已經離開了高雄，她會常找時間到高雄來看我，也希望我在放假的時候可以去新竹找她。

她在回新竹的前一天，我爲了賠罪，請她到國賓飯店吃飯。

我一直記得那一天，是我看過她最像女人的一天。

她抹上了淡淡的胭脂妝，一襲淺褐色的連身長裙，白色的高跟鞋，配了一件白色絲衫。

「嗶！妳要去相親啊？」在她住處的門口，我著實被她嚇了一跳。

「什麼啊？我特地去買的耶！這輩子還沒穿過什麼高跟鞋，等等我走路跌倒的話你要有點紳士風度啊！」

「我很不習慣，非常不習慣。」

「等等你就習慣了，看久了就習慣了。」

雖然昭儀這麼說著，我依然很不習慣，直到吃完飯，我還是很不習慣。

飯後，她又要我帶她到壽山上去看星星。

高雄壽山上的忠烈祠，是遠近馳名的遊覽地點，也是情侶們常去的地方。

我跟昭儀並不是情侶，但這已經是我第二次帶她到這裡來。

我不知道自己為什麼要帶她到這裡，明明，這裡是我最希望能跟 Feeling 一起來的地方，我甚至有個奇怪的想法，我想在這裡的某一棵樹上刻上「Feeling 我愛妳」。

但在我認為，那是小朋友的做法。

「當我一個晚上的男朋友吧！」昭儀這麼對我說，微笑的看著我。

我被她這句話嚇了一跳，突然不知道怎麼回答。

「你有三秒鐘考慮的時間，三、二、一、停！」

「……」

「不說話？不說話是好的意思嗎？」

「妳……這樣我要怎麼……」

「哎呀！男孩子要大方點！而且這又不是一件難事。」

「爲什麼要當妳一個晚上的男朋友？」

「因爲這裡這麼多情侶，我們這樣很突兀。」

「不會吧！又沒有人會注意我們。」

「有！有！有！」她勾住我的手，俏皮的對我做了個鬼臉。

我感覺她的手在我的手臂上顫抖著，她的頭髮在風的嘻弄中飄逸著，在這滿是情侶的忠烈祠，我們這一對不算情侶的情侶，似乎比別人更幸福。

「一個晚上的男朋友？」子雲皺著眉頭，滿臉問號。

「是啊，一個晚上的男朋友。」

「我的媽啊！虧她想得出來。」

「怎樣？」

「她還眞是無所不用其極……說這樣不好聽，不過她懂得把握要回新竹的前一天晚上，大概是一種放棄吧！」子雲說完，拿起眼前的曼巴咖啡，看著他的書，沒有再理我。

我不是昭儀，所以我不知道她提出這樣的要求，是不是一種放棄。

但我卻有一種奇妙的感覺，像是一種東西在慢慢成型，而那個東西跟對 Feeling 的感覺似乎相像。

那是喜歡嗎？我喜歡上昭儀了嗎？

如果是的話，那麼昭儀在高雄的最後一個晚上，我只當她一個晚上的男朋友，不會太短？如果不是的話，那這樣的感覺該怎麼歸類呢？

那天要送她回家的路上，我鼓起了勇氣問她，一個晚上的男朋友，不覺得太短嗎？

她的回答讓我完全無法去猜測那到底是不是一種放棄，在她要求我當她一個晚上的男朋友之後。

「你想太多了，祥溥，那是開玩笑的。」進門之前，她笑著說。

☆ **愛情不是數學，因為愛情永遠沒有答案**

28

兩個多月之後，又是接近耶誕節的時間。

我跟 Feeling 在這兩個多月裡，見面的次數並不多。

她找了家補習班，拿出以前高中的課本，開始努力往她的大學之路前進，她說，如果這一次再沒有考上中正或是中央，她就要出國去了。

我問她爲什麼要出國，她並沒有正面的回答，反而回過頭來問我爲什麼不繼續念書？爲什麼要一直待在海軍？

這個問題，子雲跟我討論了N次。

他是個痛恨軍隊的傢伙，甚至只要一講到軍隊，他就會開始不知所云的破口大罵，平常不怎麼聽他說出口的髒話都出籠了，他又是個講國語超級標準的人，罵起來很好笑。

他常問我爲什麼要一直待在海軍，我會反問他：「你看有多少人在我這樣的年紀能存個七八十萬的？」

他說：「我啊。」

我說：「你不一樣，你是異類，我不跟異類比。」

他說：「每次問都是一樣的答案，只是爲了錢。」

我說：「是啊，難不成眞要賣命？」

他說：「好了，別講了，講到軍人我就一肚子鳥火……我操你全家的中華民國國軍！」

我說：「這樣你都要罵一句？」

他說：「我爽！」

所以當Feeling問我同樣問題的時候，我一樣這麼回答。

當我回答她的時候心裡還想著，如果她的反應跟子雲一樣，都是一句「我操你全家的中華民國國軍！」的話，那我會當場口吐白沫。

Feeling問我，要不要跟她一起補習，明年一起考大學、一起當個超齡的大一新生，如果考在同一個學校，也有個照應。

這眞是個超級的誘惑，只可惜現實讓我怯步，因爲我與中華民國國軍還有約在身。在這兩個多月中，雖然見面的次數不多，但感覺卻近了許多。

有時候我放散步假，我會問問她是不是願意一起吃個飯；有時候放長假，我會問問她是不是需要我載她去補習班，或是星期天看場電影。

她答應的機率不高，大概只有一半，但這一半的機會，卻開始拉近我跟她之間的距離。

有一次，我服役的軍艦舉辦艦慶，那是中華民國花了比世界上任何一個國家都還要多錢買回來的軍艦「拉法葉」，所以船上的同事都邀了親朋好友來參加。

我邀子雲，但是他回了我一句「我操你全家的拉法葉！」，然後掛了我的電話。

我邀Feeling，她則是很爽快的答應。

或許是這輩子沒看過軍艦內部的關係，Feeling在參觀的過程中，一直好奇的拉著我問艦上的設備，一副劉姥姥進大觀園的樣子。

當同事看見Feeling，都是一臉驚訝，隨即對著Feeling說：「唐祥溥這傢伙不錯，妳千萬別讓他跑掉了！」

她聽見同事們這麼說，很開心的瞇著眼睛笑，卻沒有說話。

艦慶之後，接著是餐會，每一位到慶的來賓都會由艦上的同事帶往大餐廳用餐，中華民國國軍是很無聊卻又不能免俗的，在用餐當中艦長及艦上的軍官會一桌一桌的敬酒，感謝來訪的親朋好友。

當艦長走到我們這一桌時，他第一眼就看見 Feeling，在舉杯敬酒之後，便對著我說：

「唐祥溥，你的女朋友眞是漂亮啊！」

「你艦長眞的這麼說？」子雲訝異著。

「對啊，他當著跟我同桌的所有同事及同事們的女朋友說。」

「哇銬……那你同事們的女朋友沒怎樣喔？」

「要怎樣？來個選美嗎？」

「那 Feeling 沒說話？」

「有……」

「艦長你誤會了，我不是他的女朋友……是這樣嗎？」子雲學著女孩子嗲聲嗲氣的聲音說著。

「不是，你一定不相信的……」

「她說什麼？」

「她說……」我清了清喉嚨。「她說，謝謝艦長誇獎。」

子雲聽完，下巴掉了下來。

艦慶之後，我送 Feeling 走出左營軍區，我這時很慶幸左營軍區很大，我跟她聊了許多以前沒有機會說的話。

「妳有吃飽嗎？」

「有啊！好飽呢！」

「海軍餐廳的料理算是三軍裡面最好吃的了。」

「眞的嗎？那你爲什麼沒有胖一點？」

「因爲海軍餐廳的東西一年才吃一次，而艦上的東西是三軍裡面最難吃的。」

「呵呵，那我誤會你們海軍了。」她又瞇著眼睛笑，走路一跳一跳的。

「妳心情很好？」

「很好啊！難道你心情不好嗎？」

「很好啊！」

「那就好啊！」

「Feeling，我想謝謝妳。」

「謝我什麼？」

「我的同事跟艦長這麼虧妳，實在很不好意思，明明妳並不是我的……」

「呵呵，沒什麼的，總不能不幫你留點面子不是？」

軍區大門就在眼前，我心裡開始捨不得分別。

「呃……如果……我……」

「什麼？」

「呃……沒什麼……只是……有些話想跟妳說。」

「祥溥……」她停下腳步，轉頭看著我，似乎猜到了我想說些什麼，眼睛裡亮著光。

「呃……」

「有些話……說出來……並沒有比放在心裡要好。」

「因爲結果是不能掌握的，所以有些話，是必須選擇說與不說的。」

「如果我想說呢？」

「我說眞的，考慮清楚了再說。」

她對我笑了笑，拍拍我的肩膀，說了一句Bye-bye，就轉頭跑出了營區。

後來，我把事情告訴子雲，他說Feeling說得對，而且很對。

或許吧，有些話說與不說是有相當大的差別的。

如果那時我沒有把那句話忍下來，或許什麼都不一樣了，就拿昭儀來說吧！如果子雲所說的昭儀喜歡我的話是眞的，那麼如果她把這些話說出來，或許我跟她就不會再見面了。

一九九九年的耶誕節，我是跟昭儀一起過的。

我試過約Feeling一起過耶誕，但是她那天必須上課。

在耶誕節前幾天，我接到昭儀的電話，她說她兩個多月沒見到我了，又正好同學在相約要去台東知本泡溫泉，所以趁著南下高雄找同學的機會，要跟我一起過耶誕節。

子雲說她在唬爛，而且跟我打賭，如果昭儀會跟她同學去知本泡溫泉，他就把知本的溫泉喝下去。

我沒多想什麼，只是覺得有人陪著過耶誕節也不錯。

在耶誕節前兩天，昭儀到了高雄。那天我剛放假，回到家就看見她站在我家門口。

「我們去打籃球吧！」她還拎著行李，晃著晃著對我說。

「妳什麼時候到的？」

「剛剛啊！」

「我的天啊！那妳還眞有速度啊！」

「沒有嘛！同學現在都沒空陪我，只好來找你了。」

我騎車載昭儀到了球場，看見幾個小朋友在玩躲避球，我懷疑這樣的大冷天玩躲避球是不是另一種自殺行爲。

很久沒有打籃球了，又因爲天氣冷，身體很難熱開，一連投了好幾個籃外空心。

昭儀很不自量力的邀我打一對一，但是要我禮讓她九分，而比賽在十分的時候結束。

當然，我還是贏。

「祥溥，你還有跟子雲一起打過籃球嗎？」

「有啊，但是已經不常打了，大家都開始各忙各的。」

「阿群、阿賢跟霸子他們呢？」

「工作的工作，當兵的當兵，繼續混的還是繼續混，反正死的死，逃的逃。」

「感覺……好像大家都被逼著長大。」昭儀拿起球，往籃框投去。

「是啊，子雲忙著寫書，阿群忙著工作，阿賢在花蓮當兵，霸子又不知道混到哪裡去，我覺得，只要大家都是爲著自己所想要、所喜歡的生活努力，就算被逼著長大，硬要自己去面對現實社會的挑戰，其實都還不算壞啦！」

「他們都沒有女朋友嗎？」

「沒有，大家都是黃金單身漢。」我投了一個三分球，結果是籃外空心。

「他們都沒有喜歡的人嗎？」

「不清楚。」

「那你有喜歡的人嗎？」

「昭儀小心！」

被籃框彈出來的球打中了昭儀的臉，鼻血開始流了出來。

我趕緊到機車裡拿面紙，把她的頭仰起，把鼻血擦掉。

「對不起！對不起！對不起！」我一面擦拭著，一面向她道歉。

「沒關係，沒關係。」

「眞的對不起，我不是有意的。」

「我說沒關係了，你不要跟我說對不起，我討厭你跟我說對不起。」她抓住我的手，眼神裡透露出傷心的訊號。

後來，我們過了許久都沒有說話，因爲我知道，她想起了九月三十號那天，我在同一個地方，對她說出了同樣的話。

直到她開口問我，我才眞正的知道，有時候，有些話是需要選擇說與不說的，就連「對不起」也一樣。

因爲愛情裡的對不起，只會增加自己的歉意，也增加對方的痛苦而已。

「祥溥……你知不知道默默喜歡著一個人的感覺？」

「知道！非常非常知道！」我故作輕鬆，想化解我跟她之間氣氛的尷尬。

「那……你知不知道默默的喜歡著一個人，而那個人卻不知道你喜歡他的感覺？」

「知道！非常非常非常知道！」

「那……你知不知道……我很喜歡你？」

「……呵……呵……妳不要開玩笑了啦……」

子雲說，人有很多種，在感情的世界裡也一樣。

我問他，我屬於哪一種？

他說：「你屬於自以爲身在幸福愛情裡的……悲哀的人。」

「那一天到了……」昭儀轉過身去。「我每天每天，都在盼望這那一天不要來，我一直以爲，即使我不說出我對你的喜歡，你也會知道的，甚至我還天眞的以爲，別人一直追求的幸福，一直在我身邊，只要我不放棄，有一天你會知道的……」

「我……」

「你知道嗎？我好喜歡寄卡片給你的感覺，那好像把自己的感情寄出去，彷彿你即使在千里遠，還是一樣收得到我的愛戀。當我收到你的卡片的時候，感覺像是幸福從你的手上寄給我一樣，我認眞的體會它的眞實，它在我心裡有著好重好重的份量……」

昭儀低下頭來，我的心好像開始碎裂。

「……但是……那一天還是到了……」

「哪一天？」

「那一天……到了……」

我跟她站在當初認識的籃球場上，籃球在地面上滾動著，她的聲音哽咽著，淚水滾燙著。她問我，是不是可以分出一點心來喜歡她？我沒能說什麼，只說了半句對不起。

我看著她拭淚的背影往球場外走去，大概也已經猜到，我……再也見不到她。

我一直不懂她說的那一句「那一天到了」是什麼意思，直到我回家之後，管理員伯伯交給我一封信，他說是之前那個女孩子拿來的。
那是張耶誕卡，而寫卡日期，是距離今天有三年之久的一九九六年。

卡片是你我之間一座無形的橋，
信封上的地址，是橋的兩端，
卡上的一字一句，是橋的主體，
卡裡藏著的心意，是橋的根基；
我是橋的根基，我與橋成一體。
若有一天，橋將斷落谷底，崩離，
我會隨之而去，
谷底埋葬的，不是我的身體，
而是我渴望與你相繫的心。

儀一九九六年十二月二十三日

☆因為愛情裡的對不起，只會增加自己的歉意，也增加對方的痛苦而已

29

昭儀走了，她帶著跟我一樣的悲哀離開了那自以爲幸福的愛情。

我卻還身在悲哀裡，深深喜歡著 Feeling。

我一直一直記得昭儀在離開我之前，流著眼淚問我，是不是可以分一點心去愛她？

這是一句讓人充滿罪惡感的問話。

愛得深的感覺是什麼？或許我可以了解，因爲我對 Feeling 大概就是這樣的程度，感覺到不管是深還是淺幾乎都一樣，因爲自己的愛就是那麼多，給的也是那麼多，直到自己已經感覺被抽空，像一根煙燒到了尾末。

但是，昭儀對我的感情似乎超越了我的想像，最後她只求我分一點心去愛她，而她會感覺到心滿意足。

如果感覺到一絲絲的被愛，可以滿足或彌補自己過去的、曾經的那些所有的付出的話，那愛情是完全沒有投資報酬率的東西。

把自己拿來跟昭儀相比，其實，我也是另一個昭儀。

我何嘗不希望 Feeling 能稍稍分出一點心來愛我，我會感覺到滿足，我會感覺到過去的付出已經被彌補，我會感覺到愛得深，也會感覺到一根煙燒到了尾末的空離。

所以，我被子雲說中了，我是自以爲身在幸福愛情裡的悲哀的人，昭儀也是。

昭儀走了之後，我感覺天氣冷了許多，一九九九年的最後一天，全世界都在倒數著跨世紀那一瞬間，我卻在倒數著煙盒子裡剩下幾根煙。

子雲贏了，他不需要大老遠的跑到台東去喝溫泉，因爲昭儀並不是跟同學約好而順道下來找我的。

「哪個人送電影票給喜歡的人會說是自己特地去買的？多想一想就知道了，大腦別老是擱在膝蓋上。」子雲拍了一下我的頭，一臉得意的說著。

在海軍的生活依然持續且規律著，電報不會突然間變得很多，長官不會突然間變得很機車，假也不會突然間多放幾天，但是當放假回到家時，家門口卻少了昭儀的影子。

我抽煙的量開始慢慢的變多，從五天一包，到三天一包，到兩天一包，到三天兩包。

子雲說，抽煙是一種情緒輸送，你把不健康的尼古丁跟焦油吸到肺部裡，然後把不健康的心情跟情緒吐出來，既然都是不健康的，就不需要再去多想些什麼。

子雲也會抽煙，只是他抽的少，也不太常買包煙放在身上，有時從我身上拿走煙去抽，我會問他爲什麼不去買一包應急。

他說：「抽煙不是應急的，是應心情的。」

第一次被 Feeling 看見我抽煙，是已經過了半年多，陪 Feeling 參加聯考的時候。

「啊？祥溥，你會抽煙？」

她剛考完第一節的試，走到我們的休息處，我正在做情緒輸送。

「會啊。」

「抽煙不好，有礙健康呢。」

「是啊。」我把子雲跟我說的話對她說了一次。「抽煙是一種情緒輸送，你把不健康的尼古丁跟焦油吸到肺部裡，然後把不健康的心情跟情緒吐出來，既然都是不健康的，就不需要再去多想些什麼。」

她聽完轉過頭來，眼睛轉呀轉的，像是在思考著我的話，也像是在想著該怎麼推翻我這不健康的說法。

後來，Feeling 跟我說，既然抽煙是一種不健康的情緒輸送，那麼戒煙是不是可以戒掉不健康的情緒？

我被 Feeling 搞糊塗了，因爲她說的話跟子雲說的話對我來說，有著相同的份量。

我會很容易被他們說服、影響。

所以我想出了一個辦法，在我抽煙的時候，我想著子雲的說法，在我不想抽煙的時候，心裡是 Feeling 的說法。

煙是少抽了許多，但不健康的情緒卻沒有減少的跡象。

兩千年八月，聯考結束了，Feeling 考上中央大學，卻在家人的影響之下選擇了屏東師院，我問她會不會難過，她的答案讓我覺得心安。

「目標只是考上，念與不念又是另外一回事，只要心裡這麼想，我就會高興一些。」

在聯考前的幾個月，兩千年二月，子雲收到了兵單，同月二十一日，子雲入伍了。

他在入伍前一天晚上，邀了我們幾個好朋友，在高雄的錢櫃裡，自己辦了一個「告別秀髮」演唱會，那次爆笑的演唱會中，Feeling 也來了。

我了解子雲痛恨軍隊的個性，所以我贊成他那晚的瘋狂。但我看著子雲幾乎不顧一切的飆歌嘶吼，著實跟我在入伍前的平靜有著很大的差異。

我慶幸著子雲是個滴酒不沾的傢伙，否則依他的個性，再加上醉酒的話，我大概會去派出所保釋他。

因爲那天晚上離開錢櫃時，他語出驚人的問了我們大家一個勁爆的問題。

「找援助交際一次要多少錢？」

阿群、阿賢跟霸子三個人聽見，硬是把子雲拖回家去睡覺。

「子雲平常都這樣子嗎？」Feeling 目送著他們離開，嘴裡這麼問我。

「不，他其實是個很理性的人，只是他這輩子最痛恨的就是軍人，所以才……」

「喔？爲什麼？」

「不知道，我也沒問，不過說眞的，台灣人對中華民國國軍有好感的其實也不多。」

「那你跟他那麼要好，偏偏卻是他最痛恨的人，很諷刺不是？」

「他痛恨的是軍人，不是我，雖然我的職業是軍人，但我卻跟他一樣不喜歡軍人。」

子雲在台中成功嶺接受新兵訓練時，時常寫信來給我，信裡面的內容有百分之三十是髒話，百分之三十是壞話，百分之三十是屁話，只有百分之十是好話。

有一次，他寄來了兩封信，一封給我，另一封則是給 Feeling。

但是，他把信弄反了，裝錯了信封。

當 Feeling 把信拿來給我的時候，我也是哈哈大笑。因爲信裡面髒話滿天飛，只要是能罵的他完全不保留。

「他很特別，眞的特別。」Feeling 笑著說。

我手上的信，則是子雲寫給 Feeling 的，我反覆思考之後，決定暫時不給她看。

雖然信的內容並沒有什麼，但子雲在信末寫了一句話，讓我擔心我跟 Feeling 之間，會有奇怪的變化。

祥溥是個好人，跟他在一起會是一件幸福的事。

Feeling 問我，子雲是不是有寄信給她，我說有，但忘了帶在身上。

過了一些時日，也大概是因爲聯考快到了的關係，Feeling 忘了子雲寄信給她的事，我也就沒有再提起。

30

Feeling 開學之後，心情很明顯的輕鬆了許多。

或許是重回學生身份的關係，她似乎又年輕了些，臉上不時洋溢著朝氣。

因爲家住高雄，距離屏東並不算遠，所以學期一開始，她選擇了火車當做交通工具。

搭火車搭了好一陣子，她開始覺得無趣，而且發生了一件令人氣惱的事情，讓她決定改騎機車上課。

「祥溥，我遇到色狼了……」當天晚上她打電話給我，語氣中帶著氣憤。

「啊？色狼?!什麼時候?!」

「今天下午……」

「有沒有怎樣？」

「沒有啦，當時車上人很多，他不敢有多大動作，不過我好生氣。」

她說，那是放學時間，電聯車上擠滿了人，她站在靠車門的地方。

列車開動之後沒多久，她感覺自己的耳邊有人在吹氣，她原先以爲是後面的人呼吸的關係，直到後來自己的臀部有被撫摸的感覺，她開始確定自己遇上不好的事情。

「我馬上把身體轉過來，靠在車門上，然後把書包抱在胸前，狠狠的瞪了他一眼！」

「妳怎麼知道是他？」

「我後面站的都是女孩子，就只有他是男的，當然就是他啦！」

「說不定是同性……」

「厚！唐祥溥，我很生氣耶，你還在落井下石！」

「沒啦！我買了新車，改天載妳上課，就會免去這些困擾了。」

「眞的？你買車了？」

「是啊，雅歌，白色的，很漂亮呢！」

「那等你放假的時候，可以載我去拍照嗎？」

「拍照？」

「是啊，班上要的，只說要交照片，我想大概是製作班級網頁要用的吧。」

「妳沒有之前的照片嗎？」

「我很少拍照的，我覺得我照相不好看。」

「妳想太多了，我來幫妳拍，保證有寫眞集的水準。」

「呵呵，好啊！但是我不要寫眞集的內容喔。」

後來，她開始騎機車上課，有時候我放假，會開車接她上下課，不過次數不多，她大概想避免被同學看見引來一些八卦的困擾吧。

但是天生比較沒什麼憂患意識的她，騎機車還是遇上了一些麻煩。

畢竟不是屏東人，有時候騎車到屏東市區買個東西逛逛街，會迷路個十幾分鐘才回到學校，有時候則是忘記自己的車停在哪裡，找了很久才找到。

有一次，她被開了一張罰單，因為她沒戴安全帽。

「喂，妳將來是老師耶，還被開罰單喔？」我譏笑著，指著她的紅單說。

「老師也是會被開罰單的好嗎？」

「難道妳沒發現警察就站在妳前面？」

「沒有。」

「那妳只好認栽了。」

「哎呀！屏東那地方本來就沒怎麼在取締啊，我怎麼知道他會突然間站在那邊！」

聽她說到騎機車被開罰單，我倒是想起了以前的趣事。

那是在我們高中的時候，我跟子雲還沒有拿到駕照之前，騎著爸媽的機車出去玩。

那次我們騎的很遠，一路騎到了山地門，在那裡遇上了路檢。

雖然我們並沒有被開罰單，但現在想一想，我們寧願被開罰單。

「熄火，駕照行照拿出來。」警察伸出手來，要我們交出證件。

「阿Sir，我們沒有駕照，也沒帶行照。」我這麼回答他。

「沒有駕照？」他走到車後，看了看車牌號碼，然後用儀器查詢，查出這是登記我爸名字的車。「高雄市啊？你們騎這麼遠來玩？」

「對啊，剛考完段考，輕鬆一下。」

「輕鬆一下？我看這張無照駕駛開下去你們就不輕鬆喔……」

「阿Sir，你就通融一下吧，我們現在馬上掉頭回家。」

幾番請求之後，他把我跟子雲帶到一旁的建築物旁邊，那是條大水溝旁，水溝上有一座小橋，橋面對著一排商店跟住家，橋上站了一排的人，看起來年紀大概跟我們一樣大。

「今天不知道怎麼搞的？怎麼一大堆小鬼無照駕駛。」他自言自語的念念有詞，然後叫我跟子雲排到他們之中。

後來，我們站在那座橋上，唱了十次國歌才離開。

抱歉，這是題外話，我們回到故事。

子雲在新訓之後，抽到了砲兵部隊，後來分發到高雄大樹的某個砲兵指揮部的連隊，擔任連上行政的工作。

他當兵雖然已經半年有餘，對軍人的痛恨卻是愈加嚴重，罵出來的髒話可以說是綿延不絕，變化萬千。

他說：「不在乎天長地久，只在乎能罵多久。對軍中這種表面社會，我簡直恨到了骨子裡，表面上是一片美好，掀開來則是一團爛糞。」

「你不是不需要出操，只是辦公室的文書，這已經很輕鬆了不是？」

「你不知道，就因爲我是文書，看到的都是一些虛僞造作的行爲，不恥高階狗官的作爲，我才會幹到極點。」

接著是一連串的髒話，罵得是淋漓盡致，欲罷不能。

後來「笨官累死兵，狗官害慘老百姓」這句話，他開始對他連上所有的弟兄散播。

也因爲這樣，他時常被長官叫去關照，也不時聽到他跟長官發生衝突的事情。

「祥溥，這個星期天有空嗎？」一天晚上，我接到 Feeling 的電話。

「有，要幹嘛？」

「之前跟你說過要拍照的事，不知道你還記不記得？」

「記得，記得。」

「那星期天可以麻煩你嗎？」

「別說麻煩，我很樂意的。」

當天，我帶她到高雄最美的學校國立中山大學去拍照。

她問我爲什麼要選擇中山大學，我突然間不知道怎麼回答。

因爲我心裡的如意算盤早就已經打好了，甚至我還列了一張表。

「下午三點去載她↓刻意把車停在學校外面↓走遍整個中山大學↓最後停在海科院前面看夕陽↓晚餐↓忠烈祠。」

我在出發之前，還把這張表念了一次給子雲聽，那時他在連上忙得不可開交，接起電話就是一句：「你他媽的有話快說！有屁不准放！」

他聽完之後大笑了好久，說我是神經病。

「如果一切順利的話，我逃兵給你看！」

「他媽的，你是不會給一點鼓勵的喔？」

「沒辦法，我這個人就是誠實。」

後來，子雲並沒有逃兵，因爲那張表上的行程，並沒有一一實現。

「祥溥，我不知道你會攝影耶！」

「會啊，以前有點興趣，常拿著相機到處玩，到處拍。」

「眞的嗎？那成果呢？」

「都放在家裡啊，不過很久沒拍了，技巧生疏了不少。」

「喔？如果你把我拍壞了怎麼辦？」

「如果我把妳拍壞了，下次約時間再拍一次！」

「呵呵，你腦筋動得很快。」

其實，不是我的腦筋動得快，而是我喜歡 Feeling 的心動得快。

「祥溥，我可以跟你合照嗎？」

當我所帶的兩卷底片拍到只剩下幾張的時候，天色也慢慢的暗了下來。

「好啊！」

我拿出腳架，調好角度與自動拍攝，然後趕緊跑到 Feeling 的旁邊，筆直的站著不動。

看著相機的紅色倒數燈光閃動著，我心裡知道，它在幾秒鐘之後會自動按下快門。

我試圖往 Feeling 靠近一點，希望跟她有稍稍的接觸，因爲這或許會是這輩子唯一一張跟她合照的照片。

「哇……這是我第一次跟一個男孩子單獨合照耶！」快門按下，她高興的說著。

「哇……這是我第一次跟一個美女單獨合照耶！」

「你又在油腔滑調了。」

「嗯！這張照片一定要放大放大再放大，擺在我房間一進門就看得到的地方。」

「不要自殺好嗎？有部電影叫〈七夜怪談〉你沒看嗎？當心我從照片裡爬出來喔。」

「那更好，我會挪出一點位置讓妳睡的。」

「呵呵，你想太多了，祥溥。」

是我想太多了嗎，Feeling？

我總是覺得，就是因爲我一直想得不多，所以我一直讓妳我之間的感情與緣份，就這樣停在原地踏步著。

或許妳說得對吧，有些話不說出來的結果，會比說出來的結束來的好。

可妳也說，讓妳感動的事，妳會一直記著它，讓妳感動的東西，妳會希望一直帶著它。

當妳在我身邊的時候，明明我不斷的嗅到幸福的味道，爲何妳總是不爲所動呢？難道，妳一直沒有想到，讓妳感動的東西與事情，都是讓妳感動的人做的啊！

子雲說，愛上一個人，總是會不自覺的墮落，幸福儘管是遙不可及，卻依然像是海市蜃樓般的接近。

妳說，這是妳第一次跟一個男孩子合照，身為妳的第一次，我是很榮幸而且興奮的。

我或許該謝謝妳吧！Feeling。謝謝妳把妳這麼珍貴的「第一次」給了我。

但……妳知道嗎，雖然這不是我第一次跟女孩子合照，但卻是第一次這麼希望跟一個女孩子合照。

因為我第一次喜歡一個人喜歡到……深深體會到愛情裡的墮落……

☆ **幸福儘管是遙不可及，卻依然像是海市蜃樓般的接近**

31

我把沖洗好的照片拿去給 Feeling 那天下午，正巧碰上她們班上同學生日，她端了一大盤蛋糕給我，還說吃不夠的話裡面還有很多。

我拿著一盤蛋糕站在她教室門口，看著她們班上的同學跑來跑去，每個人看到我都是一陣上下打量，似乎在奇怪著我跟 Feeling 的關係。

別說她們奇怪，我自己也奇怪，之前她不太喜歡我出現在她同學面前，我心想她大概怕一些八卦事件，但今天卻又帶我到她們班上，光明正大的拿蛋糕給我，這到底是怎麼回事？

照片被她同學拿去翻閱，每翻一頁就是一陣喧嘩，她們沒說我的拍照技術好，只說 Feeling 非常上相。翻著翻著開始討論照片中 Feeling 擺出來的姿態，還開始預約她的結婚伴娘。

最後她們翻到我跟 Feeling 合照的那張照片，像是翻到寶一樣的興奮，每個人都擠上前去爭看，還開始簽名登記加洗數量。

照片上面明明沒什麼親暱動作，也沒什麼曖昧表情，頂多只是背景好看、Feeling 漂亮而已，她們加洗這一張要幹嘛？實在是讓我匪夷所思。

後來她有個比較大嘴巴的同學告訴我，雖然 Feeling 的年紀比班上的同學都要大個幾歲，但是卻有很多同學開始展開追求，更有許多學長慕名而來，沒其他原因，因爲她的美麗實在令人驚豔。

我快瘋掉了。

讓我瘋掉的原因不是因爲她們班同學看完照片的反應，也不是因爲她同學七嘴八舌的討論著我們的關係，而是在她們已經自行「確定」了我們「絕對是情侶」的關係之後，她一句話也沒說，只是一直微笑著。

倒是我，我直冒冷汗的解釋著：「沒沒沒……妳們想太多了。」

這些情況還是沒有例外，我一字不漏的全都告訴子雲。

他相當吃驚，但語帶保留的對我說，要我不需要太在意 Feeling 的反應，因爲這或許就像艦慶那天的情形一樣，她只是爲了保住我的面子，或是不想讓現場的情況繼續混亂，但他認爲我們之間的情況已經開始有不一樣的轉機，如果有機會的話，要適時踩出第一步。

「什麼第一步？」

「就是把你的感覺說出來啊！」

「會不會有危險？」

「危險？你以爲在拆炸彈啊？」

「不是啊，你不覺得有點衝動嗎？」

「拜託……都已經這麼多年了，如果這樣叫衝動的話，那你也太衝動了吧！」

後來子雲說了一句話，要我千萬記得。

「普通事情可以不說，做完了就算了，但感情不可以不說，因爲不說的話，往後的傷痕是遺憾造成的，但是說了，即使傷痕還在，卻至少不會有後悔。」

我又輕易的被子雲說服了。

他說的話不僅說服了我，還讓我開始思考，在遺憾與後悔之間，孰大孰小？

並不是我個性悲觀，只是在感情事裡，我本來就沒有多大自信。

所以我假設了我跟 Feeling 之間，不會有美好的結果，因爲我一直覺得，即使我是王子，Feeling 是公主，我們大概會推翻所有美麗的童話，王子與公主最後還是會走到岔路的。

如果我對 Feeling 說出了我的感覺，或許結果很糟，但我不會後悔，至少我在這一段回憶中，把最重要的那一部份給完成了，剩下的只是遺憾而已。

但如果我什麼都不說，這段回憶中最重要的那一部份我選擇用沉默帶過，那麼我將不只得到遺憾，說不定幾年之後，我會非常後悔。

那天晚上，我打了通電話給 Feeling，那是我跟她之間最長的一通電話。

「我今天挺不好意思的。」

「爲什麼？」

「因爲我不是妳班上的同學，白吃了一個蛋糕，感覺很怪。」

「呵呵，你不需要介意，她們還很感激你呢！」

「怎麼說？」

「那蛋糕太大了，即使大家都拚命吃也吃不完，更何況還有一堆人在減肥，一堆人在控制體重，所以有你來幫忙吃，她們可高興了。」

「妳也在減肥？」

「沒有，我隸屬控制體重那一群的，下午吃過蛋糕到現在，我只喝了一杯水。」

「爲什麼女孩子都這麼在意身材體重呢？」

「那全都是爲了你們男孩子。」

「呀？有種被誣陷的感覺。」

「你敢說你不喜歡身材好的女孩子？」她的語氣中有拷問的味道。

「沒有……我……」

「你敢說你不喜歡瘦瘦高高的女孩子？」

「其實……我……」

「你敢說你看到胖胖圓圓的女孩子會心動？」

「不是，我……」

「如果你的女朋友發福了，你會不想要她減肥？」

「Feeling……妳冷靜點……」

「我很冷靜啊。」

「這樣叫冷靜嗎？」

「我冷靜的時候就是這樣。」

「好好好……所以妳認爲，女孩子想要保持身材的想法都是因爲男孩子引起的。」

「沒錯！」

「好吧，我也沒辦法說什麼，不過如果是我的話，我覺得自己喜歡就好，不需要要求什麼身材。」

「是這樣嗎？」

「是啊，而且重要的是，如果是妳的話，那就更不需要要求了。」

突然氣氛怪了起來，感覺氣溫低了幾度。

我好像衝動了點，有種說錯話的感覺，但是明明我沒有說錯話啊。

「我去倒杯水，等我一下。」

她沒等我應話，放下了話筒，我聽見她的拖鞋聲慢慢走遠。

如果她這個倒水的舉動是轉移話題的方式，那她眞是聰明，這方法實在是與衆不同。

「我回來了。」

「嗯，歡迎光臨。」

「呵呵，你在耍冷喔。」

「最近開始流行冷笑話了不是？」

「是啊，我們班上一天到晚都有人在講冷笑話。」

「那講一個來聽聽。」

「好啊。」

她說，有一天，有一個人走在橘子園裡，看到一顆很大的橘子，他走過去，把橘子摘下來，開始把皮剝掉，當他剝完皮的時候，那顆橘子竟然說話了。

「它說什麼？」

「它說，你把我的衣服剝了，我會冷ㄋㄟ。」

說完，她笑得很開心。

我沒笑，這個笑話實在是冷到極點了。

「這跟北極熊的笑話差不多冷……」

「那你爲什麼不笑？」

「不好笑啊。」

「那換你說一個。」

「好，聽清楚囉。一天，A、B、C三個人一起出去玩，走在路上閒晃了很久，後來A就說，好無聊……我好想去打B。」

「然後呢？」

「然後C看了A一眼，就把B拖到巷子裡去打……」

說完，我笑到沒力。

她沒笑，電話那一頭靜悄悄。

「這哪裡好笑？」

「很好笑啊。」

「好吧，我勉爲其難的把它記起來，拿去講給同學們聽，看看她們的反應如何？」

「她們一定會笑死的。」

「如果沒有呢？」

「如果沒有，她們也會感謝妳爲她們帶來歡樂。」

「不會的，她們喜歡聽一些WFSM的東西。」

「什麼是WFSM？」

「風花雪月的簡稱，Wind、Flower、Snow、Moon。」

我聽完大概過了兩秒鐘之後開始狂笑。

「天啊……這個我一定要說給子雲聽。」

「呵呵，有這麼好笑嗎？這跟PMPS差不多不是？」

「什麼是PMPS？」

「人山人海啊，這個是好久前的笑話了不是嗎？」

「嗯，不過WFSM實在是太好笑了，我一定要講給子雲聽。」

「你跟子雲眞的很要好。」

「是啊，非常要好，我很喜歡他。」

「嗯，他人不錯，我也很喜歡他。」

「嗯？連我也一起喜歡嗎？」

「是啊，你們兩個我都喜歡。」

「那……是哪一種喜歡……？」

「朋友的喜歡啊！我很喜歡子雲這個朋友。」

「那……我呢……？」

氣氛又怪了起來，氣溫又比剛才低了幾度。

「我再去倒杯水，等等喔。」

我又聽見她的拖鞋聲，只是這一次她是用跑的，而且她好像換了個比較大的杯子，因爲她這杯水倒得比較久。

我慢慢確定，這是她轉移話題的方法。

「嗨，久等了。」

「沒關係，不久。」

「你在船上都這樣偷打電話啊？」

「是啊，只要你躲得好，不要被抓到就OK了。」

「被抓到會怎樣嗎？」

「先脫掉褲子，再剝掉上衣，在胸前烙上一個『反』字，然後丟到大海去泡個幾小時，半死不活的時候再撈起來，然後槍斃。」

「你可以繼續掰沒關係。」

「妳聽出來啦？」

「廢話，誰聽不出來？還丟到大海去泡咧！你以爲泡溫泉嗎？」

「不，那是泡菜。」

「你這樣手機費很貴耶。」

「沒關係，無所謂。」

「錢不好賺，你應該省一點。」

「嗯，說的沒錯，我應該交個女朋友來幫我管管錢。」

「錢不一定要讓女孩子來管啊，自己要有自制力。」

「妳很有自制力嗎？」

「還好，但是我會固定存錢倒是眞的。」

「那……交給妳來管，好嗎？」我說完這句話，感覺全身一陣酥麻。好像在挑戰一座岩山一樣，一個不小心就會失足往下掉。

她聽完沒有說話，感覺她有點害怕，不知所措，似乎在找其他的話題。

「需要去倒杯水嗎？」我刻意這麼問她，好像在岩壁上踩空了一隻腳。

「嗯……不用……」

「我想問妳……今天妳同學說妳是我的女朋友，爲什麼妳不反駁呢？」

「我們……可以不討論這個嗎？」

「可以，如果下次可以討論的話。」

「祥溥……」

「我在聽。」

她的呼吸急遽，聲音有點顫抖。「我有沒有跟你說過，有些話，還是不要說比較好？」

「有。」

「那你應該知道，我在害怕什麼……」

「我知道，但是如果最後還是得面對，那妳還是要選擇害怕嗎？」

「你要讓我面對嗎？」

「我能選擇嗎？」

我們過了許久都沒有再說話，直到她說了再見。

我站在甲板上吹著海風，左營軍港的海風和著一股汽油味，我感覺到一陣噁心。

後來，在我一覺醒過來之後，我看見我的手機裡有一通新訊息，那是 Feeling 第一次傳訊息給我，也是最後一次。

你將是我交往對象的最高標準，輸給你的人，我都不想要。

☆ **如果這句話是讚美，那將是我聽過最好的讚美。但……它是嗎？**

32

「你將是我交往對象的最高標準，輸給你的人，我都不想要。」「你將是我交往對象的

最高標準，輸給你的人，我都不想要。」「你將是我交往對象的最高標準，輸給你的人，我都不想要。」「你將是我交往對象的最高標準，輸給你的人，我都不想要。」

像剛認識 Feeling 的時候一樣，我一直想著這句話的意思，依著自己幾年沒變的習慣，我還是算了一下，這句話有二十三個中國字，兩個逗號，一個句號。

手機按鍵快被我按到爛，我天天看著這封簡訊，一次又一次，每看一次，都覺得自己是第一次看到這封簡訊一樣。

感覺非常非常極端，因爲我極度興奮，卻又極度的痛苦。

「我病了……」

「啊？那去看醫生啊。」

「醫生不會醫這種病的……」

「……你不要跟我說是心病或相思病之類的。」子雲想了一下對我說。

「嗯……就是心病跟相思病。」

「哈！那我告訴你，不但醫生不會醫這種病，就連護士都不屑幫你掛號、蓋健保卡。」

「我銬！我發現你很沒良心耶！我都這麼難過了，你還這樣!?」

「媽咧！人家都傳簡訊跟你說得這麼清楚了，你還要怎樣？」

「那有清楚？這樣的簡訊才痛苦好不好？」

「哪裡痛苦？」

「這有兩個方向啊！你平時這麼聰明，怎麼這樣的訊息都反應不過來？」

「那兩個方向？」

「第一，她宣佈我沒有比賽權，因爲她要去找贏我的。第二，她說我是最高標準，輸給我的她都不想要，所以她要的是我。」

「你想的沒錯，但第二點並不存在。」

「厚……我會被你活活氣死……你是他媽生出來忤逆我的嗎？」

「你問我我就給你最良心的回答啊！難不成你要我騙你，讓你期望高，最後失望大？」

兩千年跨二〇〇一年那一天，與更之前的耶誕節，我一直找不到她。

我開始感覺到那天那一通電話，會是我跟她的最後一通電話。

心中沒來由的難過了起來，也證明了子雲所說的「第二點並不存在」這句話。我還是照著慣例，在耶誕節的時候，寄了張耶誕卡給她，但是她並沒有回，整個人像是從地球上消失了一樣，連電話都打不通。

但我倒是收到了張耶誕卡，是昭儀寄來的。

卡片裡沒有寫什麼，只有短短兩句話。

耶誕快樂，祝你幸福。

這一次，她沒有署名，也沒有標寫日期，就連信封上的地址都略去了。當我看見郵戳上印著「新竹」兩字，我還有點不敢打開的恐懼。

我在恐懼什麼？我也不知道，大概是恐懼著自己會跟昭儀一樣，都寄出了一封不會有回應的卡片吧。

後來，我寫了一封信給昭儀，信上的內容是這樣的。

昭儀：

在提起筆寫這封信之前，我是很害怕的。

種種過去的畫面重演，我想連電影都不見得拍得出這樣的真實。

我一直有些話想跟妳說，但話到喉頭就像藥丸子一樣苦，所以我又把它吞回去。當你問我知不知道默默的喜歡著一個人的感覺時，我其實是知道妳想說些什麼的，只是我跟她不一樣，所以我沒有阻止妳，因為我了解把感情深深藏在心裡的痛苦。

她，是一個我默默喜歡了六年的女孩子，一直沒有把她的存在告訴妳的原因，是因為我習慣把感情事只單單說給子雲一個人聽。而現在會向妳提起，只是覺得事情過去了，雖然或許有些餘溫在，但總是該給妳一個交代。

妳好嗎？這一年裡，妳好嗎？

我知道自己曾經對妳造成了傷害，也沒有彌補的能力，但是我還是深深的希望著，妳能像以前的妳一樣天真活潑，每次看到妳，總是像個沒有煩惱的人一樣的快樂。

我希望所有我關心的人，都能好好的，也包括妳在內，所以妳也要好好的，我沒去過新竹，下次可以去找妳嗎？

我摺了兩隻紙鶴是要送妳的，改天拿給妳好嗎？

祥溥二〇〇一年一月十六日

當然，這封信也像石沉大海一樣，沒有半點回音。

大概是她發現郵戳上印著「高雄」兩字，也跟我一樣害怕著不敢打開吧。

二〇〇一年的二月，是我待在台灣的最後一個月，因爲從月底開始，我就要被調離現職，前往所有人都懼怕的東引指揮部去了。

距離子雲退伍，還有八個月的時間，他從去年的二月二十一號入伍到退伍，也只當了一年八個月的兵，更何況他是個官。

「扣掉成功嶺的大專集訓，再扣掉高中大學的軍訓課程，我又提早了兩個月退伍。」

「每次見到你，你就要說一次給我聽，講到我都會背了。」

「沒辦法！太爽了！一想到我能比別人早兩個月離開那該死的鬼地方，不需要再看到那些狗官，我就爽到天花板去。」

接著他開始異想天開的計劃著，要怎麼在營區裡面安裝炸彈，還要設好時間，他說只要炸掉幾個狗官就好，還是有些官是好人的。

當然，以上純屬無聊想像，他只會拆裝燈管、換換電燈泡。

因爲即將離開台灣，我開始沒有機會常跟 Feeling 見面，所以我找 Feeling 找得很勤，但結果卻是一無所獲。

我特地把假排在二月十三號當天，因爲我跟子雲當初曾經計畫過，買了車子之後，我們要在情人節前一天買九朵玫瑰花，當天晚上從高雄出發，每過一個收費站，就送給收票小姐一朵花，以及一句情人節快樂。

那天晚上接近十二點時，我們加滿油，從高雄的中正交流道上高速公路，經過岡山收費站時，我們依計劃把花送給收票小姐，並且大喊一聲情人節快樂。

但是出師不利，因爲駐站的員警覺得我們行爲有異，要我們下車接受盤查。

「誰叫你們送花的？」那警察有點不客氣的問著。

「咦？我們只是一片好意，覺得情人節還要值大夜班的收票小姐很辛苦，剛好要到台北去玩，順便送送鮮花，這樣有不對嗎？」

「你們的行爲太怪異了，我們必須檢查一下你們的車子，還有你們要送的花。」

後來，他們發現我們只是善良老百姓，態度也改變了許多，甚至還用無線電通知其他收費站的員警，要他們看到這情況時不需要太訝異。

到台北之後，我們到子雲指名的那家永和豆漿店吃早餐。

這家店在子雲的《這是我的答案》裡有出現過，那裡的豬排饅頭還眞的不錯吃。
我們沒有久待，只開車到陽明山上小睡了片刻，便開始南下。
經過新竹的時候，是接近中午的時間，我打了通電話給昭儀，但是她沒有開機。
我依著她以前寄來的信封上的地址找到她家，那是一棟公寓。
我把摺給她的紙鶴放到她家的信箱裡，沒有多作停留，我們便一路回到高雄。
後來，我接到 Feeling 的電話。

☆在情人節當天接到妳的電話，代表不是情人的我們，會有成為情人的機會？

33

二〇〇一年，七月，套句小說常講的話：「地球依然轉動著。」
我調到東引來，也已經四個多月了。
如果默默的喜歡著一個人的時間，可以用歲數來計算的話，那再過一個多月，我喜歡著 Feeling 的歲數，就滿六歲了。
在東引生活其實很不習慣，因爲我們幾乎不見天日。
這裡有千百條隧道，如果不是熟人，一定會在這裡迷路。我們在地道裡工作，雖然一樣每天盯著一大堆電信儀器，但潮濕的地道，卻讓我感覺自己天天都在發霉，今天發完舊的霉，明天再發新的。

情人節那天，我終於帶著Feeling到忠烈祠，完成了我想跟她一起到這裡玩的心願。

還是一樣沒有例外，我把那天所有的過程一字不漏的說給子雲聽。

子雲聽完傻在電話那一頭，還問我是不是在唬爛。

二○○一年，二月十四日。

「你眞的跟子雲一路送花到台北，在台北只吃了一頓早餐，然後又直接回高雄。」Feeling很驚訝的問著。

「是啊，沒蓋妳！」

「你眞的剛到高雄，就接到我的電話，一夜沒睡，又帶我來這裡看散步？」

「是啊，沒錯！」

她一臉遇到瘋子一般的不敢相信，還直問我是不是眞有這麼一回事。

「送花的點子誰想的？」

「子雲。」

「那花是誰買的？」

「子雲。」

「那車是誰開的？」

「子雲。」

「他眞是瘋子……」

「嗯！不過我覺得這點子霹靂棒！」

「爲什麼要這麼做？」

「因爲我們都沒有女朋友啊！」

「喔……」

她聽到「女朋友」三個字，就轉過頭去，往前走了兩步。

「妳爲什麼打電話給我？」

「啊？剛剛嗎？」

「當然是剛剛，不然還有什麼時候？」

「沒什麼呀，久沒連絡你了，看看你好不好囉。」

「是這樣嗎？那妳看到啦，我很好，還胖了兩公斤。」

「你跟子雲一樣都吃不胖，就算胖了兩公斤看起來還是一樣。」

「倒是妳，妳好像瘦了，才三個多月不見。」

「我沒瘦啊，體重完完全全沒有改變，我是該高興的。」

「爲什麼？」

「放個寒假，天氣太冷了，班上同學常一起去吃火鍋，每個人都在喊自己發福了。」

「妳沒去吃？」

「有啊，還好我懂的自制。」

她伸出手，往手上哈了一口氣，天氣冷，哈出了一些白煙。

我走到階梯上坐了下來，她也坐到我旁邊。

「我要調到東引去了。」

「啊?!什麼？」

「我要調到東引去了。」

「為什麼？」

「國家要我去，我也沒辦法。」

「什麼時候？」

「下個星期。」

「好快……」

「所以，我一直很想帶妳來這裡。」

「咦？」

「我一直很想帶妳來這裡，一直很想。」

「為什麼？」

「我也不知道，大概是覺得這裡適合些什麼事情吧！」

「嗯，這裡適合看風景、看夜景、看海、散步。」

「還有呢。」

「還有嗎？那大概是適合吃黑輪跟香腸吧！」她指著階梯下的攤販說著。

「還有呢？」

「還有？」

「嗯，還有，妳一定知道。」

她想了大概五秒鐘，然後選擇放棄。

我站起身來，往祠裡面走去。

她跟了過來，拉著我的衣服問著。「還有什麼？我不知道。」

「還有沉思、想心事、耍自閉，還有……」

「還有什麼？」

「還有戀愛。」

「喔……」她低下頭，我看不到她的表情。

「還有……把一些事情說出來。」

「嗯……」

飛機從我左邊的天空飛過，那一陣劃破天空的聲音迴繞著。

「我選擇說出來。」

「……你……確定嗎……？」她停下腳步，怔怔的說著。

「我確定。」

「……嗯……」

「我……很喜歡妳……」

「……」

「這喜歡從六年前就已經發生了，我只是多花了六年的時間確定與等待。」

「……」

「我不是最好的，我沒辦法像其他的男孩子一樣給妳承諾。」

「……」

「因為跟我在一起，妳會錯過一件事情。」

「……什麼……事情？」

「分開。」

我把台灣發過來的電報翻譯過後，又把它發給其他單位。

同單位的周哥走進來，拿了杯綠茶給我，我們聊了幾句。

他說他很想念在台灣的女友，明天休假，他一定要用最快的速度衝回台灣看她。

我很能體會那樣的心情，曾幾何時，我也是那樣的人。

那天，她吻了我，淺淺的，在我說完那些話之後。

子雲聽完當場傻在電話那一頭，他說他完全想像不到，這樣的情況讓他相當震驚。

其實最震驚的人是我，因爲我壓根兒沒想到，竟然會是這樣的結果。

子雲說了句玩笑話，他說早知道說出來會得到香吻一個，那早就該說了。

是啊，早知道結果是這樣，那早就該說了。

從東引第一次放假回來，是我刻意向別人調假才能休的。

原因無他，只是我希望能在四月十三日那天前回台灣，給她一個不一樣的生日禮物。

我很興奮的用我最快的速度，從東引回到基隆，從基隆搭火車到台北，再從松山機場搭飛機回到高雄。

當我回到家時，管理員伯伯拿給我一堆信，裡面有帳單、傳單、朋友的結婚喜帖。

還有一封 Feeling 寄來的信。

我已經沒有力氣再去重覆那封信的內容，洋洋灑灑萬千字的十四張信紙當中，最讓我難過的，只是最後一張信紙上唯一的兩句話。

Don't love me, I am sorry.

她說，要我給她時間，要我讓她有時間去釐清這是不是愛情。

她說，在愛情裡面她是個單純的女子，她對愛情沒有任何的要求，但她唯一的一點要求，卻是最遙遠、也最不可能達到的要求。

她說，曾經有個男孩子很愛她，但她卻不知道自己對那個男孩的感覺也是愛，那個男孩離開前對她說「Just follow your feeling」時，也同時帶走了她最原始的 feeling。

她說，她不碰愛情，是因爲自己有太多感情。

她說，她總是在不同的環境中，遇到相同的愛情，她總是看著身邊的男孩來來去去，卻無法讓自己爲他們停下來。

她說，她不能再一次負荷感情的流逝，那像是參加自己的葬禮，而自己明明想在愛情裡呼吸。

她總是認爲，付出了那麼多的感情，換來的必須要是永遠才可以。

所以，她要我別愛她，因爲她對永遠已經沒有信心。

她選擇了跟我在一起唯一會錯過的那件事情，同時也錯過了這六年裡愛情的生命。即使這件事情代表著我有信心與她一起走到永遠，她依然選擇錯過。

像是一個死亡前的特別待遇，她的吻滾燙的烙印在我的額頭上。

是的，那個吻是一個結果，而在那個吻之後，我就再也沒有見到她。

這樣的結果，來得好突然，我想，任誰都無法反應過來。

但愛情一向是極端的不是嗎？它一向是來得很快很快，去得也很快很快，結果不是很完美，就是一片傷心之後的殘缺。

子雲說，我是另一個昭儀。

我跟她一樣有著對愛情一樣的堅持與勇氣，卻輸在愛情的莫名其妙裡，因為愛情不是數學，所以不可能會有答案來證明。

在愛情裡，永遠只有結果來判決你，而不是你去決定結果的判決。

總之，故事結束了，我已經沒有力氣再說下去。

不是我要裝作瀟灑，而是我只能這樣接受。

那張和她一起合照的照片，至今還在我的皮夾裡，子雲問我為什麼要留著它，我只是笑一笑，因為連我自己也不知道為什麼會把它留下來。

後來，在不久前，我連線到她們班上製作的網站，想在留言版上瀏覽一下她的近況。

她最近的一篇留言，是在二〇〇一年十月二十七日留下的，內容是：

> 半年多不見了，你好嗎？
>
> 我在台灣南邊，想著在北方的你，今天是你的生日，有沒有人跟你說生日快樂？
>
> 你不在台灣，有許多事情，是沒辦法直接向你說明的。
>
> 前一陣子搬家，在房裡翻出了好多東西，也包括你送我的四萬一千三百隻紙鶴。
>
> 隔壁的鄰居來幫忙，連他們的小朋友也來湊熱鬧。

我是很不喜歡別人亂動我的東西的，尤其那兩個小朋友把你送的紙鶴給扯破，我當場罵了他們一頓。

但是，當我發現你在紙鶴裡留下的東西時，我跪在地上哭了好久。

我氣自己不用心體會你的真心，我氣自己這麼快就放棄我應該會擁有的感情。

你在每一隻紙鶴裡，都寫了一次「我想妳」，我現在才發現已經來不及了，現在的感動你也不會知道了。

把這些事情寫在這裡，我想你不會看見吧！我是個笨女人，我只會用這樣的方法來表達我現在的心情。

生日快樂，親愛的你。

永遠快樂，親愛的你。

一陣鼻酸，我有點想哭的感覺。

這篇留言之後有一大排的Re，我已經沒有心情去看了。

後來，我在無意中發現，那張她選擇放在網站上的照片，是我跟她合照的那一張。

當我看到照片下的附註時，我心裡湧上一陣心酸，再也擋不住眼淚，眼前一片汪洋。

我想跟你說，我愛你。

後記

我想，大家都跟我一樣，感覺故事未完，應該還有一段最重要的部分。

但故事真的就這樣而已，所以我也只能寫到這裡。

兩千年四月，當祥溥接到 Feeling 那一封長達十四張信紙的信時，故事應該就結束了。那封信裡，很清楚的說明了 Feeling 六年來對祥溥的感覺，以及無法相愛的原因。

直到同年十月，也就是祥溥生日當天，我和他在某個網站上看見 Feeling 當初所挑選的照片，以及她留給祥溥的一些話，我們才發現，四月寄來的那封信，是 Feeling 自己所有的錯覺，也是錯決。

祥溥並沒有選擇再與 Feeling 連絡，我其實不清楚原因，因爲主角不是我。

我只能說這樣的結局也好，因爲一切都已經太久了，也太多了。

我問祥溥，想不想試著去找她？

他回答我：「不需要了，有些事情在第一時間沒有把握的話，後來的所有動作，都已經失去了原來的感覺了。」

他難過了好一陣子，但我卻認爲難過是件好事，六年這麼長的壓抑，至少在今天找到了出口。

別問爲什麼 Feeling 當初不愛他。

我想，只有 Feeling 自己清楚，因爲愛情是矛盾的，所以矛盾扼殺了一段可能是完美的戀情，我想，不需要太訝異。

當初決定要寫下這部作品時，祥溥要我把握幾個原則，所以作品中 Feeling 的名字一直沒有出現，而她的學校也不是後來的屏東師院。

故事的內容也做了修改，因爲這只是故事，不是傳記。

故事裡的阿群、阿賢與霸子三個人，是我跟祥溥的好朋友，他們眞實的存在著，他們的個性我也就眞實的刻劃著。

補習班裡的老師，都是我們很難忘的老師，而那一位林建邦同學，幾乎是一位虛擬的人物，會用幾乎來形容，是因爲眞實的他與故事裡的他完全不同。

而昭儀，是這個故事裡的悲劇人物，她的存在讓這一段回憶增添了快樂的色彩，卻又染上了不可避免的悲哀。她是個不可多得的好女孩，很單純、很清麗，待人溫婉體貼，幾乎是個完美的女孩子，我們謹以這部作品，祝福她擁有幸福的將來。

至於 Feeling，相信大家都有跟我一樣的感覺，她是故事的主角，這部故事因她而起，而她卻讓人不甚了解。

是的，現實中的她與故事裡的她都是一樣的，她總是給別人一種距離感，感覺不遠，似乎就在眼前，但卻觸不及、摸不著。

祥溥自知，在愛上她的同時，也必須做好說再見的心理準備。

故事就這樣？

是的，故事就這樣，身爲故事的操刀者，我訝異著，同時也感嘆著。

感情的矛盾讓很多感情無疾而終，我們無法說些什麼，只能留些感嘆在心中。

故事，就這樣。

全文完

有個女孩叫Feeling

音樂創作

收到你的溫柔包裹，但閃躲卻是情非得已的最後
果我能像你，愛與不愛讓感覺決定　即使淚會翻湧，至少感情沒有辜負過
果我能像你，讓心的感覺勇敢的說　即使偶爾傷痛，至少遺憾不會那麼多
是你，我還是我　因爲不懂愛你……　所以……請你別愛我……
情太複雜，偏偏躲不過才掙扎　它看似柔軟，心卻又被割傷　我等待妳的愛，比等
太若即若離，我學不會迴避
後連記憶都忘了記憶
還在妳的手裡　妳原封不動
個男孩，一個女孩若相遇是應該
就是愛情，不在乎的很多最後卻是不在

不可以愛妳

詞．曲／吳子雲　編曲／林於賢　主唱／唐祥溥
錄音工程／王信義

愛情太複雜，偏偏躲不過才掙扎
它看似柔軟，心卻又被割傷

我等待妳的愛，比等流星還難
妳沒有說Goodbye，就走開
把快樂都帶走，心酸留了下來

妳太若即若離，我學不會迴避
眞心太著急的全給妳
我什麼都可以，卻什麼都失去
最後連記憶都忘了記憶

妳太若即若離，我卻站在原地
早失去進一步的勇氣
忘了我的眞心，還在妳的手裡
妳原封不動還給我的，是不可以愛妳

我以爲妳在說笑
我以爲我可以做得到
然而我掉進愛的圈套，妳早知道
卻轉身離開，給一滴淚當回報

請你別愛我

詞．曲／吳子雲　編曲／陳建騏　主唱／蕭君頻
錄音工程／王信義

是善良，是矛盾，是貪圖溫柔
是怯懦，是無助，我撩起憂愁
我看見你的眞心眼眸，我卻害怕自己陷入愛情漩渦

是自私，是脆弱，是習慣寂寞
是無尤，是墮落，你給得太多
我收到你的溫柔包裹，但閃躲卻是情非得已的最後

如果我能像你，愛與不愛讓感覺決定
即使淚會翻湧，至少感情沒有辜負過

如果我能像你，讓心的感覺勇敢的說
即使偶爾傷痛，至少遺憾不會那麼多

你是你，我還是我
因爲不懂愛你……
所以……請你別愛我……

之間

詞／吳子雲　曲／施佑霖、吳子雲　編曲／施佑霖
主唱／吳子雲　錄音工程／王信義

一個男孩，一個女孩
若相遇是應該，是否有緣分相愛

一個有心，一個無心
若付出是唯一，是否有眞心回應

怕的是緣淺，把握了現在，卻讓未來染了塵埃
這就是愛情，不在乎的很多
最後卻是不在乎傷了自己

人有多慷慨，神昏昏看著對方走來
你把心掏開，直到最後一片空白
人有多悲哀，眼睜睜看著對方離開
你改變心態，直到你心淌出血來

依然給的精采，依然要不回愛

最初

曲／施佑霖　錄音工程／王信義

最後

曲／施佑霖　錄音工程／王信義

國家圖書館出版品預行編目資料

有個女孩叫 Feeling 藤井樹著 .-- 初版 .-- 台北
市：商周出版：城邦文化發行，〔民 91〕
面：　公分．　--（網路小說：20）
ISBN 957-469-925-0（平裝）

857.7　　91000325

有個女孩叫 Feeling

作　　者 / 藤井樹
責任編輯 / 楊如玉

版　　權 / 翁靜如
行銷業務 / 李衍逸、黃崇華
總 編 輯 / 楊如玉
總 經 理 / 彭之琬
發 行 人 / 何飛鵬
法律顧問 / 台英國際商務法律事務所　羅明通律師
出　　版 / 商周出版
臺北市中山區民生東路二段 141 號 9 樓
電話：(02) 2500-7008　傳真：(02) 2500-7759
E-mail：bwp.service@cite.com.tw
發　　行 / 英屬蓋曼群島商家庭傳媒股份有限公司城邦分公司
臺北市中山區民生東路二段 141 號 2 樓
書虫客服專線：(02)2500-7718；(02)2500-7719
24 小時傳真專線：(02)2500-1990；(02)2500-1991
服務時間：週一至週五上午 09:30-12:00；下午 13:30-17:00
劃撥帳號：19863813　戶名：書虫股份有限公司
E-mail：service@readingclub.com.tw
歡迎光臨城邦讀書花園　網址：www.cite.com.tw
香港發行所 / 城邦（香港）出版集團有限公司
香港灣仔駱克道 193 號東超商業中心 1 樓
電話：(852) 25086231　傳真：(852) 25789337
E-mail：hkcite@biznetvigator.com
馬新發行所 / 城邦（馬新）出版集團
Cité (M) Sdn. Bhd. (458372U)
11, Jalan 30D/146, Desa Tasik, Sungai Besi,
57000 Kuala Lumpur, Malaysia.
電話：(603) 90563833　傳真：(603) 90562833

版型設計 / 小題大作
版面設計 / 洪瑞伯
電腦排版 / 普林特斯電腦排版股份有限公司
印　　刷 / 鴻霖印刷傳媒股份有限公司
總 經 銷 / 聯合發行股份有限公司
電話：(02)2917-8022　傳真：(02)2915-6275

■ 2002 年（民 91）1 月 24 日初版
■ 2017 年（民 106）11 月 8 日初版 191 刷
Printed in Taiwan.

售價／260 元

ISBN　957-469-925-0